北運河書

谷禾 著

北京出版集团公司
北京十月文艺出版社

雪落在北运河上

谷禾

雪落在北运河上，像一场疾病
落在晚年，落入
杜甫的律诗和绝句里
冬天疲倦的脸时而纯净，时而落满灰尘

一场雪落下来，滴落龙头的
潮湿深邃而偃蹇
当月亮升起来，它模糊的白内障
照见了青黑屋檐的阴影

顺河路旁的白杨树
被积雪缠绕，低头的绵羊
夹紧了粗大的尾巴

一场雪眨眼就化了
细碎的枯草，因为被融雪充盈
而错过了温热的返青

2019.3.24

谷禾手稿

目录

十年：通州纪

扎根：每一条河流都有自己的名字

忆念：周庄传

自序

从2004年移居北运河边，算起来已十五年了。这十五年里，我在不同季节沿河行走，关注着它自然环境和人文环境的变化和迁延。

北运河上接通惠河，是古运河漕运的起始地，它的从繁盛到凋蔽，也是一条运河和我们民族命运的隐喻。时间来到二十一世纪，时代对北运河的再次召唤，所彰显的又何尝不是它渴望走向世界的精神场域，以及文化意义上的寻根和再出发？

作为一个新通州人，我与古老而簇新的运河朝夕相处，它日夜流淌的涛声早已融入我的血管和呼吸。我在河边行游、长坐、寻觅、追索，所书写和见证的不唯河流本身，也是一个汉语诗人的命运。

从这一向度来看，这些诗章，无论是呈现、沉思，还是回忆、玄想，都应该是北运河的涛声在我身体里的喧响，河水的闪光对我内心的照耀。

我理当把这些诗章献给沿岸栖息的众生，献给这条至今仍涵养着我们民族精神的不息长河。

谷禾

北运河：我爱

明亮的事物

明亮的事物升起来——

迎春花和荠菜。河岸边的老柳树
把发辫解散在波浪里。

雨水落向街头和原野。伞在路上移动。
我听见蝴蝶的喊叫，
从黑暗中，昆虫旋转的翅膀。

少女们一次次弯腰——
她粉红的耳朵，和水银的眼睛。

明亮的事物
在升起来……

小春天

马鞭草有噼啪的绿眼睛。马蹄花
有变幻的表情：黄。橙。蓝。紫。白。红

春风过：三千里江南，三千里江北
大路上奔跑的少男和少女

歌唱吧。舞蹈吧。用你桑葚的嘴唇
用夹竹桃的香气和毒舌子

用露水点灯，照亮返城的脚步
用转动的风车，唤醒沉睡的蛇和农夫

溪涧里的蝌蚪，路上的蜗牛
继续你们的缓慢吧。羊群把叫声还给草原

春雨落在春树上：沙沙，沙沙沙……

我爱

我爱过平静的乡村
——炊烟，槐花，起伏的麦浪，
热烘烘的牛粪
两只鸟儿搭着翅膀从头顶飞过
麦子的河流在夜色里流远
我爱早起的毛驴车，
微风摇曳的夜露和干草，
我爱村头小学的古钟，羊群，
一只蚂蚁爬过红叶背面的光阴
但在今天，我爱上了另一种生活
水泥，钢筋，尘埃滚滚，灼热的
汽车尾气。闪亮的钢轨
掘入地底。我爱上了
它的浮华、冷漠、孤单
夜幕下的灯红酒绿

精疲力竭的蚂蚁被车轮撞碎，

飞溅的鲜血，打在后半夜的疼痛上。

北运河继续流远，仿佛我一如既往地爱着——

我辽阔的心啊，比米粒还小

比一枚钢针还细……

沿河而走

午后喷薄的寂静。黄杨木
的焦绿在移动，农妇憔悴的眼睛里
逼仄街道一点点转暗——

青黑屋瓦切割着阳光，载重卡车
轰隆隆开过来
过街的绵羊咩咩叫唤着，几只灰雀
斜穿过河上冰层的闪光

……对岸的麦苗绿过去年
河岸边弯腰的农民
从春天运来树苗，在树坑里注满清水

被肮脏遮蔽的背阴处
残雪还没舍得把最后的白丢弃

……多美啊，凉从指缝间

滑走之后，我摸到了水草下漂浮的村子

一条河背井离乡

穿灰衣的石头喁喁私语
星星的脚步缥缈，不见行者的面孔
夜色不断收紧
黑魆魆的坟冢，已被大雪篡改了

……一条河，背井离乡

北运河的落日啊，你曾惊悸于
黄昏的无际，而把一缕
血光挂在弯曲的牛角上，搅动风的铜号
呜呜吹奏凝霜的菊花

……一条河，背井离乡

你们，披麻戴孝的儿子

你们，睁眼瞎的闺女，听得见山河破碎
哮喘的母亲把锄头挖入土地
你们，端着水的金碗沿路乞讨的乡亲啊

……一条河，背井离乡

田垄上砍头的庄稼。越来
越稀薄的麦溜子
村前的流水断了村后的柳树枯了
最后一座老屋，随垂下头颅的祖父轰然倒塌

……一条河，从脚下背井离乡

运河边

我知道冬天是如何摇晃着身子
移上快速路的。结冰的运河
被轰鸣的挖掘机推向更远的雾霭深处

从城里飞来的鸽子
在折断的白杨树上盘旋
风带走风筝，也把散步的老人带入一片漆黑

我知道夜深人静，心碎的枯草
将独自起舞。轮滑少年
乘风归来。他的身后跟着无数钢蓝的蝴蝶

河底清淤现场

扛摄像机的家伙走来
三三两两的，他们的广角镜头
移过河底挖掘的民工，
定格在一根湿漉漉的木头上

红色工程车的巨臂继续向下，向下
抱紧那木头，再，向上——
温柔地移向，河岸边聚集的欢呼人群

围过来的人们忙着用卷尺测量
用扳手敲击。
偶尔也被招呼过来，结结巴巴对着话筒憨笑

满载污泥的渣土车从桥上轰隆隆驶过

张望的民工们

下意识地把安全帽系紧

背弓如刀，绷紧的屁股

抵着直射的正午光线，继续把河床挖掘——

仿佛一根根潮湿的木头

齐刷刷地向更深处捌去……

广场以北

蒿草在阳光中闪亮
但没有野蜂嗡鸣
晨露濡湿脚趾，野棘丛
转动着漫坡斑驳的杂木
槐香馥郁，有蝉噪、蛙鼓
尘埃飘落，从深处持续传来的晚钟
摇摆的鱼尾搅乱了天空
这时候，我的来去都是清浅的
白得耀眼的时间在流逝
大地洋溢着原初的神秘律动……

雨中的回忆

等待了一天的雨
落上窗外蔓延的草地
干涩的眼睛被一点点洗绿
白铁皮闪着镀锌的蓝光
黄杨木枝条呵护着片片落花

也是夏日黄昏，我们
沿雨中的田野漫步
手挽着手，浅笑，低语，挑逗，亲吻
湿透了衣服和头发，也不躲避
雨在一棵槐树下停歇了
你却径直离去

我在雨中漫步，慨叹
青涩年华如你黑发遮掩的脖颈

在雨中。当我转身
暮色已四合，槐花聚拢的
芳香照耀在路尽头：如同光阴重现

等待了一生的雨，从窗外
草地上蔓延开去
少年时的田野，也朗润起来……

一夜家乡

一夜的滴答来自青灰屋檐
灯光深不见底，
河流的碎片在黑暗中喘息

我睡去。醒来。窗帘动荡
摇晃，辗转的疼
沿着雨线爬上爬下，两只黑蜘蛛
搂着隐忍的老胃病

家乡啊，我的牵肠挂肚
就像刺槐上的鸟巢
捧起满树星光，又尽数漏掉

曙色渐渐明朗，一夜的雨
侧身而进，

寒凉迅即弥漫开来，在早晨

……在白得耀眼的光芒中

在建筑工地

他们叫你婴儿。青灰曙色
照亮塔吊，以及飞向四方的天空
林立的脚手架下，你坠落，
湿漉漉的血浸染了身体，但时间
再不会重陷黑暗，你不能
继续打着哈欠醒来，爬上脚手架
去练习飞翔和搬运。
他们叫你婴儿。黎明之光
淹没了街道，树木摇曳，
所有人围拢过来，轰隆隆的城市
有了一秒钟的停顿。
红灯，接着绿灯，谁的声音
在回旋："孩子，跟我回家——"
而此生，已尘埃落定
你站起来，转身向着源头
那光明的水域，蹒跚走去……

雪落在北运河上

雪落在北运河上，像一场疾病
落在晚年，落入
杜甫的律诗和绝句里
冬天疲惫的脸时而纯净，时而落满灰尘

一场雪落下来，滴灌龙头的
潮湿深邃而悠远
当月亮升起来，它模糊的白内障
照见了青黑屋檐的阴影

顺河路旁的白杨树
被鸦群缠绕，低头的绵羊
夹紧了粗大的尾巴

一场雪眨眼就化了

细碎的枯草，因为被融雪充盈

而错过了湿热的羊唇

中年雨

看窗外飘洒若无，耳边尽是
蚕咀桑叶的细碎嘈杂，
中年之雨，浇不灭骨髓里的雷鸣
夕光铺展的纸页上，
潦草的几笔，把虎涂成犬类了。

童年的灰雀“嗖”地飞起来——
它带走犁铧、抓地草、散装火柴
以及麦苗的嫩绿。
领头的羊白了，接着漫山遍野的白……

唉，眼镜都摘了，什么
还放不下？擦燃珍藏的最后一根火柴吧，
免得它潮湿，发霉，也免去了
炉灶上那把磕凹的水壶再空等下去。

透过袅袅青烟看四起的暮色

缓缓拉严带星星的窗帘

把日子过得简单，

再简单些。让一页白纸把我带走……

祈祷词

冬天来了，运河堤内
的蒿草由绿转黄，黑山羊和白绵羊
绷紧了壮硕的屁股

流水回落到干涸，板结的淤泥
静等着第一场雪的覆盖
老玉米舞着浑身枯叶
它祈祷黑夜带走风的喧嚣，
白得耀眼的时间，
抚平土地所有的伤

冬天来了，你要安息啊——
你该背起书包飞跑进课堂
你要整理嫁妆，开怀孕育五谷
你宽厚的手掌暖我的额

你要在泥土里出生，成长，
恋爱，交媾，衰老，亦步亦趋——

即便一根草，一片叶，一滴水，一星火
也要给我一点点绿，一点点暖
一点点甘甜，一点点光明和慰藉……

在老年公寓

终于可以松弛下来，他们
长久地坐在葡萄藤编结的摇椅上
任繁花结出硕果

他们在春天的虚妄里抖动衣袂
幸福像老年斑泛出肌肤

他们响亮地喝水
他们对弈，垂钓，清唱，喃喃自语
偶尔停下来，凝望着对面的矮树丛
惊悸于尘埃急促的咆哮

一只鸟儿飞去，接着
一群鸟儿飞去
天空终于转暗，他们的目光

黯然跌落到水泥地上

——哦，夜色来临之后
他们转移到明晃晃的灯光下
继续对弈，垂钓，清唱，喃喃低语
或围拢餐桌，把一天的惶惑
斟满花纹陈旧的酒杯
呆愣地望着，不肯饮下……

一个熟睡的老人

一个熟睡的老人
就像一座空荡的房子，因为年久失修，
它的内部
黑暗，肃穆，荒凉，蛛网密布

如果一阵风吹过，
逝去的母亲，母亲的母亲们回来，和他合而为一
它会变得
自然，亲切，带着桃树的端庄和垂柳的慈祥

噢——一个熟睡的老人和空荡的房子
接着，河流与村庄诞生了
田野，羊群和炊烟，
女人抱着孩子，沿月光走来——

我想，这不是幻象

从一个熟睡的老人开始，当他和一座空荡的房子结合

我被允许经常回到屋檐下，成为

众多父亲中的一个

夜里下了薄薄的雪

夜里下了薄薄的雪，早晨
醒来，拉开窗帘，呀——
窗外台阶前的樱桃枝条竟又紫了几许
草地上淡淡的一抹绿，缀着
若有若无的花边儿，
低矮的冬青，捂着厚棉袍
——每天行色匆匆，我竟都忽略了。
蛇行的小径，脚印叠着狗的蹄爪
游过草地，游向小区门外
床头灯还亮着，但拉开的窗帘
放进了最早的鸟鸣，墙壁上，
一泓波纹在荡漾开去……

初春

路边，银杏在把枝条舒展
鹅黄的叶芽眉眼翕动
鸟巢里，风声和阳光一起溢漫

孩子们跑向早晨，紫燕衔泥
蝴蝶忙着搬运花粉
过街的孕妇，捧着笨拙的母爱

道路安静，不见红灯绿灯
也不见交警的踪影
露珠都生出了翅膀，蠕动的
蚂蚁也绷紧了脊背

长跑者的队伍
从中心广场扩散到了返青的麦苗

一亿年前的鸡雏

就要把石头的地壳啄破

我们心里的痛

咳出来，让它散落
在泥土里，成为花儿，野草
或者暮色里的星星
也可以，成为红眼的白兔

这相当于我们死了一次，又
幸运地活了过来
一本书，经过手指和目光的
摩压，经过纸浆的黑暗，
成了另一本陌生的书，当灯亮起
我有了一秒钟的晕眩

用三分之一秒去回忆，三分之一秒去恨
最后的三分之一秒，我们试着

留给自己，去放下，去原谅，去爱——

……那走失的白天。回来了——

一月十二日夜，降雪

在黑暗中，一朵雪像弄脏的羽毛
在我眼前晃动，落在
水泥路的坑洼里，断草丛，衣缝里，落入我的皱纹
霎时没了踪影
接着第二朵，第三朵，第四朵……纷纷扬扬的雪落下来。

我迟疑片刻，拉低帽檐
继续赶路
仿佛真的风雪夜归人一样。

一片雪停在枯草尖上

一片雪，停在枯草尖上
晶莹，清澈
像一只折翅的鸟儿，慌乱而羞怯

白的羽毛沾着风雨
淡淡的黄嘴唇，细爪散乱，胸脯的温热
沿着脉纹洇下来

夜像一口干渴的深井
村庄在熟睡。微颤的
光，箍紧幽深的井壁

一片雪，我看见它
倏然融化，只一瞬间
又消失于一滴混浊的泪

一滴浊泪里的凄然

凄然深处的

万念俱灰。……一片。雪。

一朵花

一朵花，一朵小白花，开在路旁

只是一朵花，泪珠大
的一朵小白花，开在路旁
冬眠的田凫被惊起
贴着地面潜行，仿佛亲爱的忧伤

黄昏的脚步收紧了
在京郊，在北运河之源
北风摧折了虬曲的酸枣树
葡萄藤搂紧最后的叶子

在转身之前，我低下头
望见泪珠大的一朵小白花

深藏的骨头和灯盏

……看不见的手，在一点点取走它

扛梯子的人

——仿默温

如果一个男人扛着梯子来到北运河上

如果两个男人
扛着梯子来到路上
如果八个男人扛着梯子
来到北运河上

如果十七个男人扛着梯子来到北运河上
而我要他们接起来
让地球耸起一座更高的山，十七盏人皮灯笼
照亮北运河的最后一滴水

是的，这就是我一生所梦想的
但今夜，我一个人

要试着把自己竖起来，攀着一重重肋骨爬上时间之巅

在众人到达和发现之前

唯一的梯子

带着北运河，远走天涯

厨房里

——给桂芳

锅铲咬着锅沿

青菜在锅底翻滚，油烟机轰隆隆

她还要在滚油里加入葱段、姜丝、花椒和芫荽

用清水洗尘，白米煮饭

焰火继续向胸口蔓延

她用左手翻动锅铲，腾出右手

拂开落在前额的发丝

煎。炒。烹。炸。她要在天黑前，

把一棵青菜

做出生活的百种况味

她直起腰身，窗外已是婚后的第二十六个春天

此时，我，女儿以及儿子

仿佛三只嗷嗷的雏鸟，一边诵读

“粒粒皆辛苦”的诗句，一边以竹筷敲击碗碟

等待着她从厨房里

把烟熏火燎的二十五个春天一一端上桌来

再转身，消失在油烟机的轰鸣里

我的雪

其实也是
2007年的第一场雪
2006年的最后一场雪
它落下去的时候
我正在飞往北京的东航1333航班上
舷窗外的夜蓝得近于虚无
星星闪烁如婴儿的眼
就在我想象看不见的云层时
第一朵雪花飘了下去
擦过我的耳鬓
轻轻地
向着沉寂的地面飘下去
它飘过高山和大河
到达城市上空后
盘旋寻找着

我家楼顶的标志
它犹豫了片刻，又似乎
想起了什么
拐个弯儿
深一脚浅一脚地
继续向更远的村庄飘去
它从一个村庄飘到另一个村庄
到下一个村庄
飘过数不清的村庄后
终于在某个村庄的轻咳里
落了下来
落进一双干涸的眼睛
化成了一丝儿微微的凉
机舱里
有人轻呼下雪了
人们目光的尽头
无数的雪正在飘下来
纷纷扬扬
落向空旷的跑道

田野树林

以及目光所不及的

城市，村庄，人世的每个角落

一样的月光

一样的月光
照在红色的汽车上
是红色的
照在蓝色的汽车上
是蓝色的
照在白色的汽车上
是白色的
照在黑色的汽车上
是黑色的
在夏夜它是烫手的
冬夜还是透骨的
一样的月光照在汽车上
和照在棉桃豆荚上是不一样的
和照在野棘花上
照在顶着雪的白菜上

照在屋顶袅袅的炊烟上

是不一样的

一样的月光照在我黧黑的脸上

是温暖的

照在我眼睛里是忧郁的

它照着自己是空旷的

仿佛患了失明症

仿佛从没有照过

去年

去年的麦苗绿着衣袖，小麻雀
还没有飞走，草屋卧雪
从村外回来的父亲
在星光下搓着双手，“时光流逝，
烟花漫天有什么用……”但干枝梅还是开了
在千里之外，卧佛寺的干枝梅
芳香熏亮了揽胜者的额头
入定的老僧，用木鱼排遣着夜深的孤独

我在上林湖划船，越窑的风
吹来青瓷的光。我在麦积山终遇佛缘。
我还目睹了恐龙复活。“多么近，
我们与恐龙仅仅隔了薄薄的石头蛋壳……”

在曾国藩故里，一川风水

卷起暴雨的烟云

在黄州，长江逶迤去远，唯余东坡

枕着赤壁独卧。

……去年的远游犹在镜中

女儿去了郑州求学

儿子迎风成长，外祖父驾鹤西去

父亲再次背井离乡

我在运河边，鬓角生出白发

辞岁的爆竹声声，母亲在电话里安慰我

“家里都挺好，孩子们好吗？”

——她听见了我的啜泣，但看不见

我腮边恣肆的泪花

向晚

零星的爆竹声里，通胡大街
终于空了下来
熔金的落日在玻璃幕墙上
倒影一片彤红的寂静
头顶云层穿着金边的衣裳，
谁把星星带向了失眠者床头

北运河流水缓慢，垂柳的倒影
被河床紧抓。如果它
突然松开，如果沿河的人停下来
如果烟花照临，长夜不复
残雪将在河堤的背阴处留下来

风吹过长堤，多少麻雀飞起来
又落下去，多少归人

被吭哧吭哧的火车，带向遥远的乡下
我把帽檐压低了，看见喘吁的
尘屑：惊惶。疲惫。与众生有共同的命……

站在东关大桥上

我还能望见些什么
毗连的副中心也是高楼林立
万家灯火闪烁
长安街继续伸向空阔的野地
私家车，公交车，自行车，匆忙的行人
披戴落日之光穿梭而过
眨眼就暗淡下来
流水缓慢
带走白昼的喧嚣
也必带走黄昏的寂寥
它接纳沿途风景
也接纳了更多的灾患，死亡以及传说
沉淀成为运河本身
在泛黄的史册里汹涌
又近于虚无

加华印象，河畔丽景，月亮河，运河湾

奥体公园，运河文化广场——

这些耳顺的命名

如同横跨的桥身，转脸已不是去年的那座

意外的车祸

在桥头一次次发生

陌生的罹难者

来不及尖叫就去了另一个世界

我站在战栗的桥拱上

看河底倒转星光

车窗内，面孔一片模糊

离我五步之外的风

追着一片去年的落叶

落叶追着落日遗弃的一粒沙子

沙子不停地敲打着

铜质的夜空

等待另一条河流在头顶隐秘绽放

除夕之夜

举着爆竹出门的人，将遇见
返青的麦苗，柳芽儿挑着露珠的灯笼
穷人的门楣也穿上了
对联的唐装
——哦，如果春天还远，我就滞留街头
一个人面朝大海

但它来了。我左手牵着的女儿
右手拉着的儿子
甩开胳膊，渐渐脱离了地球的引力

举着爆竹出门的人
要用火焰的美声，把围拢“春晚”的傻瓜
从屋子里喊出来
向春天进发，还要把我身体里的积雪扫净了

想一想过完的冬天吧，漫漫的
三环路：堵。挤。事故。脏兮兮的民工。躲闪的市民。
铁流。贴紧玻璃的脸。
水泥。钢筋。油污。烟尘。轮胎摊平的流浪猫——
我心中的卑微及肮脏。病榻上的父亲。母亲不展的愁容

春天来了——
举着爆竹出门的人，点燃浩瀚的春风
要用火树银花痛哭一场

为时已晚

对迁徙的鸟群来说，草地为时已晚
对深秋的草地来说，花儿为时已晚
对凋谢的花儿来说，爱情为时已晚
对疯狂的爱情来说，死亡为时已晚

一束光撇开枝头——
但它无法照亮蚂蚁庸碌的辛苦

你试图用墨水诠释生活
就像一个孩子，总想用一根绳子捆住所有的道路

从另一颗星球上，你看见地球
在疯狂旋转，命令它赶紧停下来

但一切，为时已晚

前世今生

前世是一枚刀子，只扎向
生的痛处，刃卷了，折了
“当啷”一声扔开，
继续用谢了又开的目光扎下去，让你
无法安宁，无处藏身，无地自容
化一只枯蝶，脱去霓裳羽衣
不飞，不动，在梦里长睡

前世是一只蝴蝶，不攀花草
蓝湛湛的暮春，高山
幽涧，流水，长亭短亭。
只留半根琴弦缓缓缠绕着
袅娜的身姿也要驼下去了
化一叶扁舟，照亮两岸猿声
石头簇拥着石头，一川烟雨黯淡下来

说今生，今生何在？
头顶恍惚有鸟飞过
翅膀顿然淹没了天空。

抬眼间，云卷风涌的
尽是漆黑的悔恨。
放眼四顾，前世的刀子再不能拔出——

春节序曲

让返乡的人准时上路
鸟儿暖着枝头的巢，少女和儿童
被闪电花环簇拥

让没有房子的人沐浴阳光
失业者找回丢弃的锤子
游子的骨灰，捧在母亲的手上

把斟满的酒杯举起，不要夺下
醉鬼手中的酒瓶，他已人事不省

看啊，此刻烟花缤纷
有人燃放鞭炮驱赶霉运
另一个人想云中漫步

唯一的诗人，强忍风湿之痛

命令雪花纷飞，用诗歌埋名

五月二十八日想起麦子

不是一穗一穗地摇曳着，而是
一浪推着一浪
涌向村庄和大地尽头

金黄的芒，金黄的脸和身子
连呼吸都泛着灼热的金黄

这些平原的孩子呵，在干燥的
风中，在吱吱叫的麦溜子飞走之后
留下来的时间已经不多

它们羔羊般的目光也不能
让我年迈的父亲和他的镰刀停下来

再过几天，收割后的旷野上

沉重的脚步渐行渐远

遗落在垄上的一颗也将化作黄土漫漫

……五月二十八日下班的路上，我这样想起麦子

轰鸣的

引擎声里，不由攥紧了空空的右手

悲凉

纤细的电话线像一个梦游者
潜入黑夜，它在东关大桥打个趔趄，
沿新华路继续西行

道路何其漫漫？北苑立交桥下
一对接吻的客车
突然尖叫着，攫紧了黑夜的肋骨——

折断的秒针泪流不止
它不安地挣脱表盘，脚步
踉跄着，继续圆周运动

黑蝙蝠从天而降
横掠过午夜青黑的屋檐，轰然跌落
水在楼群之间闪烁起伏——

我醒来：下弦月的脸

缓缓转动

——唯一真实的，结满冰花的玻璃窗

给父亲——

你的锄头，越刨越薄
黑色的肺炎
飘荡在村庄最偏僻的角落

你开花的手指
终于在锄刃最后的光芒里握紧
十个哑巴哭成一坨废铁

为什么不把微笑抓牢
天暗下来，你垂耷的肩头
星空缓缓转动云河——

再远一些，白得耀眼的时间
正在你的身后
一点点收拾，一点点灌溉……

我在身体里……

我在身体里埋下秋天，荒草簇拥着
坟冢，却月光朗照
经过祖父，父亲，枝头的乌鸦
从一数到十，我把慌乱的骨头码好
听见凉风吹彻

我在身体里埋下英雄，江山黯然
徽钦二帝坐井观天，风波亭
摇摇欲坠，对面朝廷的正中，
秦桧大人在用青梅煮酒，高宗皇帝哈欠连天
吾国子民犹自且歌且舞

我在身体里埋下母亲，三十年前
她拎着臭鞋找遍村里每个角落，
我在地窖里写下咒语，如今，她靠近

灯下，试图把右手的线
穿进左手的针眼，却一次次失败

我在身体里埋下孽缘，命定的女人
就不再消停，她爱着我，恨着我，撕着我
咬着我，吞吃我，吐纳我
让我一点点变小，变暗，变轻
成为头顶的断雁哀鸿

——唉，我的身体里埋着无数个我
我睡去，我醒来，
耳边尽是嘈杂的风花雪月
也有瞬间的安静，那是河流在汇入大海
那是灰烬在催燃灰烬

事物的欢乐

白乌鸦围绕着灯盏
和四周的空地。我把桌布在院子里
摊开，调理脾胃，把酒杯举过头
啊，慵懒的春天，我要甩掉棉衣
一点点变回孩子，把早已生锈的铁环
再滚起来，带动天空倾斜
碎银在杂草叶的锯齿上奔跑，野荆花
一直延伸向交界的燕郊境内
这片村落，冬天却是更多乌鸦的
巢穴，以致要过到对岸
才能找到它们留下的爪印
并在冰层的反光里，弄出哗啦的铁链声
事实上，事物的欢乐
一直静静地站立在屋子中央，花瓶破了
碎瓷惊散一地

当我穿过风雪来到这里

喉咙里发出春天的咕咕声，试图对抗这些乌鸦

以及不断消失的田野和雪

尽管一切如此徒劳

经过幼儿园

远远地，传来孩子的课诵
仿佛荞麦在灌浆，返青的枝条儿在阳光中
抖擞着满身的花瓣和嫩芽

但此刻，操场一片安静
一群鸽子，在红漆的山羊面前徜徉漫步
偶尔飞起来，能听到翅膀的噼啪声
和自己的心跳

从春天到秋天，每一次经过
我总要停下来
侧耳聆听，有时望见黄叶翩飞
有时望见一地落红

我听见“举头低头”，还听见“故乡明月”

尾音拖得比季节还长

但从没看到过孩子们的身影

我疑心自己身处梦境

忘了这儿离家千里之外，太阳当空

北运河沉默无语

一节节火车，开进我思乡的骨头

候鸟

有时我是一只候鸟，迁徙之夜
感染了不治的思乡病。
我飞过草原和森林，一场雨接着更大的雨
海洋和陆地只隔一片花瓣。

蚂蚁也上路了，吭哧吭哧地。悬铃木的
叶子在月光里浮沉，
当寒流袭来，骨头缝里
的风湿硌醒了心底的一滩乱石。

也有时什么都不是，隔窗望着
候鸟飞过，腋下渐渐生出翅膀，
日出之前到达了更远的远方

瞬间

秋深了，江山缓慢地转暗
萤火虫提着灯笼巡游
白杨树夹堤逶迤，深夜散步的人
闪着星星、落叶和泥土的脸

不唯一次，我看到
秋白茫茫
野兔惊悚地逃开，霜打的芦苇呵
仿佛遭弃的村姑忍气吞声

不唯一次，羊在栅栏外踯躅
水落石出，月光在细沙上静静流淌
孕妇骑着牛背沉沉睡去
披霜的蝴蝶，暗淡了粉红的翅膀

弥留

这是最后的握别，遁世的老人
把微笑定格，
他张着的嘴颤颤地闭合了。

雨声大作，围过来的人断了肝肠

……另一个屋子里，少年夫妇在褪去婚纱
啊月光飒飒，今夜怎样入眠

我把怀抱的鲜花炼出铜汁，独自留饮……

时光

时光眨眼就把一个胖子
变成瘦子，或者
把一个瘦子变成胖子

他还把一个孩子变成老人
再把老人变回孩子
把混浊的雨点，变成
铭心刻骨的燕子

把一朵鲜花插上牛粪，把隔壁的陌生
变成一亿光年的孤独
把铁汉变成喋喋不休的怨妇

把盛极的王朝覆灭，把它的国王
放归榛莽，把一粒尘埃吹进万物的眼底

哦，时光的蛛网，时光的刀斧
时光的锤子和钉子
时光的车轮，把多少春天
运进了同一个树坑

光线里抬头，一朵朵雪花
扑打着大地森白的骨头

在黑夜里

就算你是罂粟之花
我也从
黑夜降临爱你

这是公开的秘密
沉睡或醒来
月光多么短暂
星星舔舐着刀口上的蜜汁
你的肌肤雪浪涌起

——你听，窗外杂沓的声音
是不是一个人在哭泣
他战栗的肩膀已经耷拉下去
是不是，更多的人
在哭泣。他的幸福、快乐、悲伤、不安

都被放大了——

像一个省在哭泣

像一个国家在哭泣

而你多么安静

而你的呼吸和灯光下的眼影多么安静

而黑夜多么安静

这是上帝独自返回人间的时光

他的眼角

闪烁着一滴澄澈的太阳

有关故乡

阿信兄言：回不去的地方
叫故乡
这让我想到了童年
母亲的子宫
以及过往的每一个日子
年迈的父母
爱我们
一如我们挚爱
牙牙学语的儿子
从他身上，你看到自己的影子
但谁又回得去呢

我曾固执地把出生的村子
认定为故乡
如今它已淡忘了我的模样

我曾把一张张白纸认作故乡
终有一天它把我埋葬
有时候，我把一块液晶电脑屏当故乡
写下心中的欢乐和悲伤
可它不说一句话

一片阴凉是烈日的故乡
一豆灯火是黑夜的故乡
一滴甘泉是沙漠的故乡
鼾声是失眠者的故乡
死是生的故乡
我们出发了，就四顾茫茫

有一天
灵魂脱离了肉体
把故乡背在身上，去你不能到达的远方
流浪

怎样的月光

怎样的月光，在初春之夜
照亮了出城的路
野紫荆刚发芽，露珠从草尖上
向着叶脉深处滑动
而我，要对粗布蓝衫的小蚂蚱
叫一声“宝贝儿”
这时候，夜风仿佛安静的
小兽，但呼吸灼烫

怎样的月光，在初春之夜
照亮了沿途的山水
在我的身边，你睡熟的脸庞忽明忽暗
但我并不想把目光收回
纵然黑灯瞎火，纵然没有牛羊的影子
纵然没有一根小骨头

从坟茔里出来远游，那又如何呢

怎样的月光，在初春之夜
照亮了村里失眠的人
父亲不停地咳嗽，患白内障的母亲
来在院子里，闻见槐花香
对着父亲絮叨：有一只做梦的鸟儿
披着月光
向城市的方向飞去了

十年：通州纪

小事件

说到车祸，忍不住心慌起来
早晨经过东关路口，望见一辆福田皮卡
横在马路中央，车头已经扭成麻花儿
货厢里的旧家具散落一地
肇事者和遇难者已不见踪影，
留下的一大片血迹分外刺眼，也有了更丰富的
想象，警察放置了“绕行”标志，
乘客们议论纷纷，有人还把脑袋伸出窗外探问。
……也是在这个地方，
大约三个月前，搞装修的雷于挺也不幸丧命
我曾请他吃过一次饭，听他如数家珍地
讲述着业主验工的细节，他狠吸了一口纸烟
突然说他爱上了一个女孩，“她下月才满十八岁，
但认识三天就被我……”他得意地
笑了，却马上又严肃起来，“我要和她白头偕老。”

他用力挥着拳头。但三天后，
他独自进了火葬场烧红的炉膛。消息传来，
我特意去东关路口站了很久，终于没有
碰见他爱上的那个女孩。
这么多年，我已经领教了生命的脆弱
越来越多的死，让我快麻木了
甚至父亲说把我抱大的三爷爷死了，
我也只淡淡地应了一句“噢，知道了”就挂了电话
下午带女儿去看牙医，顺着她手指的方向
突然看见一个失去双腿的男孩在借用两只滑板前行
他的整个身体都趴在滑板上，两只灰黑的手奋力向后
像一条鱼在人缝里钻游。
女儿问：“他为什么不坐下来乞讨呢？”
我没有回答她——我又一次目睹了死，
形形色色的死，其实和活着没任何关系
譬如人的死，树的死，田野的死，河流的死
天空的死，爱情的死，性的死，一个民族的死
有一天我也会悄悄死去，而且不能选择其一。

西海子公园

它是唯一的，夏天我曾去过，
穿过曲里拐弯的两条街，在通州剧场后边，
水面宽阔，混浊，游艇犁开波浪，独不见莲叶田田。
喝茶的，下棋的，唱戏的，人声鼎沸，
芭蕉扇挥来舞去，占满了廊亭，
城市和它游动的汽车环绕着这座人工海子
薄暮时分，这里是孩子的天堂
他们把球踢向空中，自己变成星星，散落进树林，草丛
直到夜深了，斜月一遍遍催促
但现在是深冬，它的荒凉几乎等同于岁月
落叶化成泥土，水面结了厚冰，
用力踩上去，却没有断折的声音传来，
凿开冰层，也不见鱼儿吐泡儿，
喷水池裸出底部的沙砾，四个石狮子表情木然
海子角的土山比草丛还矮，从拱桥上，

能望见栅栏外的满城灯火，但今晚的月光下，
只剩下了我。夏天你和我一起来这里，
但现在，我们天各一方，
公园外匆匆的行人，没有谁停下来，
给我一杯安慰，或者，陪我坐一会儿
现在啊，好像有雪落下来了，并且渐渐
弥漫了我的视线，我冻红的脸
它纷纷扬扬，落在
西海子的冰面上，落在所有的街道、屋顶，
北运河两岸的堤坡，落在向东两公里以外的荆棘丛中
当我睡熟，它继续轻柔地
轻柔地落在所有生者和死者身上

在北京过春节

一年一度，喜庆洋溢着
烟花布满夜空，缤纷地挥霍着人们的想象。
京城也不例外，火车站的苍茫，超市的拥挤
垃圾堆成了山，还要接着堆
只有蒙尘的情书，被搁置在抽屉底层。
——人生短暂，我们已经没有时间恋爱
但我必须陪儿子去广场上滑旱冰，打陀螺，用力拉紧绳子，
呼哧着热气，把纸糊的风筝放得比云雀更高
碰到高楼，就停下来，或者收线，
对着卖花的女孩唱歌。我说，回家吧
去把花儿插进清水里，拭净手上尘埃，
继续纸上的旅行，拧开水笔，让一场雪落下来，
纷纷扬扬的红喜鹊叽叽喳喳
——在我和儿子的欢笑里，在春天的门楣上

黄色预警

下班有雪，黄色气象预警提前发布
走在路上，你要分外小心
下雪真好！先别忙着美呢，地上撒了盐，你要
分外小心。要不，滑倒了该你倒霉
但你还是滑了一下，差一点失去平衡。算我说对了吧
瞧小样儿，也不看看左右，还傻笑呢
嘻嘻——和自行车赛跑呢？红——红灯……
那个交警，手臂都酸了，还不消停
我呸——谁稀罕坐车？我就这样走下去，怎么着？
走——走到地老——天荒……

亲人们

四十年前，我还没有出生，只把母亲当亲人
三十年前，我九岁，把所有的饭当亲人
二十年前，我十九岁，只把青春当亲人
十年前，我的父母，妻子，儿子和女儿，是我的亲人
踩着四十岁的门槛，所有的敌人和亲人，你们都是我的亲人

当我八十岁，睡在坟墓里
所有的人都视我为亲人，但你们已经找不见我——

……这一撮新土，这大地最潮湿的部分——

对一起车祸的倒叙

必然有死亡的树影垂下来。

必然有食指捻断目光。

必然有《晚报》末版右下角的痛惜。

必然有行人指点论议，扁平的鼻子伸出窗外。

必然有“绕行”标志围拢现场。

必然有旧帆布遮严了黏稠的血。

必然有救护车尖叫着开走。

必然有警察来过。

必然有一辆卡车直撞过来又仓皇逃离。

必然有一个老人砰然倒地。另一个孩子飞出三米以外。

必然有一辆摇晃的旧三轮待在马路中央。

必然有孩子拉低小黄帽，叫着“爷爷”。

必然有老人抱孩子上车（之前还摸了摸他的后脑勺）。

必然有祖孙俩摸索着穿衣起床。

必然有天亮前的黑。

必然有一张床上不同的梦。

必然有这个城市三年的接纳。

必然有一个孩子九年前落草。

必然有另一个孩子六十年前呱呱坠地。

必然有果才有因。

必然有命。

去小堡村

胡各庄以北，过宋庄折向西，再往北——
我怀疑它不是一个村子。
空荡荡的街上，一排电杆竖向尽头，两旁的门脸
低眉顺眼。饭店。副食店。音响店。
画廊里卖售村里的画儿，也卖有关绘画的书
去陈鱼画室的拐弯处，小花店半掩着破损的玻璃门
从村口走到这儿腿都酸了
去年八月第一次来，艺术节锣鼓喧天
五颜六色的临时长墙绵延两公里
村民们围着一个五官夸张的肥脸不走
硬币钟安静地对抗着时间
我一幅幅看过，从陈鱼到方力钧，王秋人，杨少斌。最年轻的
刘伟利生于1986。我伸长脖子一一看过
在陈鱼画室四十米之外
还差点被彩塑的乡村流氓绊倒

暮晚浸泡着宋庄基地的新砖旧瓦，一群男女
围拢着拼在一起的大桌子竞相把啤酒瓶举向空中
哦，月亮升起来了
哦，他们光头上的油彩，走调儿的歌声，以及赤裸的啤酒肚儿
哦，满桌丰盛的花生米和猪头肉
哦，自由自在的艺术
但季节流转，现在，电线嘶嘶叫着，
七级北风扫尽了出没的人影
一只卷毛狗跷起后腿对着电杆撒尿
空荡荡的街上，我看到的小堡村——孤单的站牌
垂柳。泛青的枝条。丢弃的颜料盒。烟花碎屑
贴着地面跳肚皮舞的塑料袋。一街紧锁的门脸房
陈鱼背阴的画室
比起瓦蓝的天空和浓烟滚滚的烟囱
一点也不缺少自然的美
在这一刻，我还爱刘国强的《赞歌》，陈秋池脸上的皱纹
我爱范蕴蕴喝肿的眼泡，李大鹏不透气的鼻子
鹿林眼角闪亮的眼屎
我爱黄有维的壁炉和朴光燮的厨房

我爱彭一，李二，老三，四毛，邝老五，大胡子老栗
我爱千里迢迢跑来用身体和爱情温暖艺术的少女
——因为在这个时代少之又少，
我更加热爱她们——四十岁我爱，七十岁我爱，一百岁我也爱
我全部的爱源自对艺术的恭敬，源自远离市区的小堡村
如果你热爱凡·高也来小堡吧
如果你哪儿也不想去了就来小堡吧
她白花花的路灯已为你解开荧光丰硕的乳房……

晴朗的冬天想起了雪

晴朗的冬天，忽然想起了雪
想起三十年前的一场雪，纷纷扬扬，覆盖了
大河之南的原野和村落
低矮的草屋，在炉火的烘烤下均匀呼吸
小学校的铃声不再响起，河面结了厚厚的冰
孩子们仿佛没王的蜂群
在上面推驮车，打陀螺，追逐，嬉戏
细声的尖叫，惊动了树杈间张望的灰鹊
把我的目光一直带向天边

晴朗的冬天，忽然想起了雪
想起二十年前的一场雪，比初恋深一毫米
我从雪地上走过，脚下发出吱吱的碎裂声
通向县城的公路上
星星眨着母性的光芒

你把一片雪花放在我嘴唇上，伸出手
拉我入怀，滚烫的泪
落进我的眼睛，送我独自远行

晴朗的冬天，忽然想起了雪
想起十年前的一场雪，我从鸡鸣犬吠里起程
几片雪花濡湿了肩膀，你目光凄迷
任风吹乱头发，不肯回头。而我向北，再向北——
何处才是终点？隔着车窗
延伸的铁轨，恍惚你牵绊的凝望
我走出站台，置身于皑皑银白
从此把异乡当了故乡

晴朗的冬天，忽然想起了雪
想起今年的雪迟迟不落，这座城市突然陌生起来
我拨通电话，听见雪花飘啊飘
我重复相同的动作，沙啦啦的噪音
淹没了母亲千里外的安慰

她和父亲呵着寒气，微笑着，互相靠得更紧

享受着雪花的绽放

却忘记了问一声为雪失眠的儿子

入冬记

走在街上，抬头看天
灰不几几的，并没加增丁点儿蔚蓝
国贸C座直插入云，几树银杏叶
在它的阴影里嫣黄了脸，敲锣打鼓
无人回应。上班族脚步匆匆

登山的路仅容下两个身体
擦肩而过。即便你们生死相依
也须个前后顺序。漫山相机咔嚓嚓
绿波浪不见红叶飞
你张嘴喘粗气，山顶已被鸟儿带入云中

我沿着大小胡同转悠
偶尔手搭凉棚，像还俗的孙悟空
望见谁家楼前的柿子树

黄叶没了踪影，一树红果子挑灯笼
摇呀摇地飞媚眼儿

说哪门子碧云天黄叶地，这儿是
首都CBD，钢筋水泥大森林
过街天桥颤抖着肉身，乞讨者都进了
地下通道，瞎子拉胡琴
断腿者向路过的老外摆着空裤管儿

排队的车辆不理你茬儿，全堵了
驾驶座的哥们儿黑着脸，手握成醋钵
使劲儿敲着方向盘，他从不眼羡
车窗外晃身而过的红男绿女
有种堵死吧。爷这辈子就给丫耗上了

没人留意墙上新添的“拆”字
爬山虎悬空了手脚
乌兰巴托落下了2007年的第一场雪
如同我的头皮屑纷纷扬扬

原野记

把原野当成生命的温柔地带，我去它
却愈加邈远起来。当原野上消失了
蓬勃的野草、杂树、荆棘，而只剩下庄稼
沟坎坟畔的花儿在风中加速凋零，请允许我
独自游过田埂时，心中升起
露水大的伤悲。离开村庄三公里之处
我一步一回的泪光深处
只捉到了电线上的雀点儿，以及枝头的半片残叶
脚下这青绿的麦苗儿，头顶着霜露
却并不见老，偶尔有野兔顺着垄沟狂奔去远
似乎它要在惊悚中亡命一生
壕沟里流水不复，哪里还有水草和鱼虾的踪迹
蓝天白云凝滞头顶，壕沟对岸
高速公路直穿过围起来的开发区，不用脱去鞋袜
我也能向着灯红酒绿飞去。仿佛

原野已不复为原野，我心已碎成

齑粉。想起童年时我也曾在原野上迷路

从连片的马齿苋、抓地草间摘下一朵牵牛花放在耳边

隐隐就传来了暴雨般的虫鸣，抬起脸来

看见星辰分外密集而明亮，足以照耀古今

让人平静地睡去，不再想醒来

不再侧耳搜寻亲人的唤归

若干年后把住所安置城市的边缘，说明我心向原野

却又被名利的藩篱羁绊

你怀疑我虚伪吧，但请不要怀疑我来自那里

最终还将被它一点点收回。

霜露记

霜露浓缩了自然的秘密，这很像树木和野草
人类和猩猩，飞鸟和鸣虫
共有蓝色的胎衣，也必同归于乌有之乡
不过漫长或短暂而已
而露水依附黑夜汇聚成河，从星空，地底
枝叶的脉络和野草根部，从花蕊的
深处，从眼眶的深潭
涌向裸出脚趾的芒鞋，成为脚底冰凉的隐痛
被太阳的网缓缓勒紧，收起
而谁又能绕过蝴蝶的触须被白昼挽留？
霜将接踵在某个秋夜现身，穿过月光的缟素和静夜虫鸣
以及村巷深处的咳嗽，一夜间改变
江山的颜色。屋里炉火映红了泥墙，酒香弥散开来
你穿过原野，仿佛从另一个世界转回
衣帽、眉梢和眼睫上都沾满了新霜

你说星移物换，马还拴在檐下，屋子却是空的

天高不曾盈尺，地阔不过三寸

霜冷了长河，露水正在虚空里

霍霍磨着剃度的镰刀……

雪灾记

预报说暴雪将持续到夜里，屋外却暖阳依依
早晨拉开窗帘，唯见白鸽滑过天际
雪继续在南方肆虐，消弭了银装素裹的诗意
成为泛滥的灾害，阻断交通、电、水
熄灭星星之火，把城市变成一片漆黑
把我们滞留车站、码头、机场，猎猎风中
心如死灰，不再去想什么诗意的绽放
回家，回家。我想回家。但你渴盼的航班
取消，你等待的火车途中抛锚
你不能把冰雪抛却脑后，骑一辆旧单车穿越四省
或徒步去另一城市，安慰困守的爱人，我也不能置身事外
目睹京珠高速上僵死的汽车长龙
饥肠辘辘的车主接过半杯开水时热泪潸然，士兵们
不停地挥着铲锹，烛光下
母亲对着听筒的询问多么苍老，管理者

仿佛扑火队员，线路工爬上输电塔
用力敲打着凝结在电缆上的坚冰，它终于落下来——
砸向大地绷紧的呼吸
此刻，女儿滞留郑州已经多日
她无奈退了去往深圳的车票，又误了返京的开点
我勾勒着她睡熟在候车厅的疲态，恍惚没听见耳畔
喃喃的自责："爸——我真没用……"
哦！梦魇的岁末之夜，雪不停地
落下来，像在重复着
相同的动作。高压线的响声，仿佛嘶哑的呐喊。
"我存身的城市如此脆弱，它已禁受不起
一朵雪花的诗意绽放……"多年前写下的诗句
却成为谶语，从北运河
突袭、蔓延向广大南方，成为无底的疼痛和黑暗
让我满怀哀伤……

月光下的河流

借这个春夜的安静，我也写一写
月光下的河流吧，从村庄向着原野，一个人
在田埂上飘，一点点变得渺小
树木摇曳，青草葱茏，但没有风吹来
一片庄稼，接着另一片庄稼
不真实的野葵花，恣肆着迷狂的蛊毒
在月光下，你分不清它们的颜色
在月光下，蝴蝶的睡眠约等于蜜蜂的甜
而蟋蟀的美声毁于小小露珠的暴动
在月光下，你是一个失眠者，一个失聪者
一个逃脱了肉体的幽灵
月光下的河流啊，它在你眼睛里涤荡
在你的指尖发光，在一片叶子上晃动身姿
它平阔，清浅，透明，波澜不惊

有着乡村少女的曲线和弧度

却恍然消失在了月光下，成为原野的秘密

和我遗失的一场旧梦——

夜色记

天暗下来，树木模糊了
光影。在街头，紫荆花开，让我记起
春天来了。一个人低下头
才能在尘埃中安身。满街的香气啊
留不住行人匆忙的脚步
满街的香气，留不住我虚伪的乡愁
但更多模糊的背影，恍惚在以梦为马
在夜色里，谁来陪我
走到灯火也鼾声四起。如果不是楼群耸动
我会怀疑身置旷野，但此刻
对面的塔吊仍在交替升降，城铁轰隆隆
三分钟一趟。头顶上，斗转星移
更远处，银杏树在风中摇荡
北运河静水深流。岸边的村落，城镇

我沿着四季一一走过，当我转身

一颗流星划过，仿佛另一个我

在奔向云端之外——

这样的早晨

夜里落下淅沥小雨，早晨醒来
空气清爽，天空暖玉生烟
牛奶样的阳光
洋溢在行人脸上，和心里
这样的早晨适于微笑着出门，适于披戴星光
上路，适于迎春花儿
一瓣一瓣绽开鹅黄的嘴唇
当圆润的露珠排着队消失在春风深处
钟声袅袅，对面小学的操场上
传来了孩子们拔节的声音
在这样的早晨，我向相遇的每个人问好
并把最美的祝福
送给辛苦了一夜的月亮，清洁工，送给
挥汗的燕子和露宿的乞丐

你听啊，我绘声的朗诵不等张口

就已回旋在世界的每个角落——“在春天，

在这样的早晨……”

居通州记

我有补丁大的蓝天，指甲盖儿小的
云彩，我有明灭的风雨和灯盏
我有芙蓉园小区底层的511房，这里不面朝大海
也不春暖花开
但我有属于自己的旧书桌，有半盏台灯
深夜里醒来，望着房顶发呆到天亮
我左手的六环路上星辰寥落，右手的运河啊
它从不关心桥上红绿灯的节奏
我还有变幻的早晨和黄昏
长安街继续向东延长，它带走了我双鬓的乌黑
周末的运河广场上
我有缤纷的风筝，咕咕叫的鸽群
绸缎似的草地，和草地上
忘情交配的小蚂蚱
草叶绵绵的情话，以露珠的形式表达出来

但又如此短暂，仿佛眨眼就已消失

在通州，我还有三千里的思念夜夜穿过母亲的针眼儿

它无限大又无限小

我有臃肿起来的身体，我有悬空的

泥土之心

它被轰隆隆的钢铁一次次撞击着

碎成了齑粉

落入风雨中挣扎的草木……

夏日，午后

在文化广场和奥体公园之间，是轰隆隆的
通胡大街；宽阔的河水对岸，
是穿梭的车辆和一再发生的车祸
在水底，石头被污泥和垃圾簇拥着，仿佛受难者
在集合的树干之间，是人工草坪上
移动的斑驳光影。荡漾的池水也是人工的，映着
太阳的细碎光芒
漫长的夏日午后，石刻的运河史
在我脚下一点点磨损着造型，
广场上不见一个人影
也不见鸽群、麻雀和断线的风筝从头顶飘过。
如果继续走下去
我将步入幻境的桃花源？
我是说，命运总在某个瞬间戛然转身
就像一个人离去后，广场成了落日的蛇宫

铁轨消失在安眠药片里

乌鸦继续沿着月亮的国境线流浪——

它倾斜的身体里，收拢着数不清的星星……

在这个夏天，在此时……

我在322路公交车上陷入短暂的昏睡
靠着车窗玻璃，阳光灼热依旧
我闭了眼睛，让世界去远了。从四惠
过北苑、西门、银地，过电脑市场、运河大桥
渐渐地，我的记忆也去远了
剩下肉身的废墟，甚至空荡荡的衣服
我的记忆留在了地铁里
对面的青春女孩，她隐现的乳沟
比马里亚纳更深
她的珠穆朗玛，高耸入云
我突然看到了飞机，在头顶的蓝天深处
像蜻蜓的符号，像一个隐喻，
它翅膀上忽闪着皑皑的白雪
……车厢里一片荒凉，
它轰隆隆，一路向前，

一群孩子从中门上去，只有一个老人

从另一个门里吐出来，

当我步入中年，却突然找不到了自己。

一个激灵醒过来之后，我是谁?

世界恢复了旧有的秩序，

万物的挣扎，齿白唇红，却不发出一点儿声音

在这个夏天，在此时……

去木樨地的路上

去木樨地的路上，我乘坐322路公交车
穿过东关大桥时
看到桃花吐蕾，我顺便想了想大海
和面朝大海的诗人
如今死者长已矣，生者活得蓬头垢面
海也在几百里之外兀自蓝着，我呼吸的空气里
闻不到丁点儿咸腥气味
倒是一个闯红灯的孩子，突然吸引了所有目光
他把小黄帽高举过头，摇摆着鸭子步
根本不理身后汽车的暴吼
这个小小的事件，让很多人惊出了一身冷汗
早高峰被迫延长了三百秒
他的妈妈尖叫一声，突然晕倒地上
公交车开出了老远

我还伸长脖子，踮着脚，继续望着
直到他们消失了身影
一缕阳光扎得我涕泪纵横……

俗世之爱

在黄昏的光线里，我爱上了爆米花的
老人和她的乡音
菜市场里垃圾遍地，麻辣烫的香气诱惑着
一群孩子在练习接吻
我爱头顶巴掌大的蓝天——它挽留白云
也不拒绝乌云安家，并且允许流浪的
鸟儿天黑前再飞一分钟
我爱迎面的红绿灯和缓慢的322路公交车
眼睛近视的售票员在反复督促乘客刷卡
恳请大家给老人让座
——我悄悄爱上了她的口干舌燥
当路灯的洪流涌动，我爱上了
所有匆忙的背影，以及他们脸上
数不清的尘埃，我爱上了小区门口的刺槐树
和黄杨护栏里突然蹿出的流浪猫

我爱单元门上的小广告：刻章，办证，
招聘，修锁……当钥匙插入锁孔，
我爱上了它转动时的“咔嗒”脆响
——唉，在京郊，大运河在夜色里去远
这俗世之爱，把我搞得不可救药……

在通州

人说通州也是北京城，我从不抬杠
但抛开地理概念，我认为这是胡说八道。
不信你看那些灰瓦，矮檐，脏兮兮的旧街道
大尾巴城管和招展的女士
西海子公园还不如我手掌大呢
每天进出的，尽是些暮气沉沉的老头老太
所以我说，通州嘛，不过是北京的一个睡袋，
一段盲肠。这不，上午我去了流经我身边的运河
那么多的水，混合了脏污
却几乎不流动
更多的游船被铁链锁在码头的水泥桩上
仿佛等待枪决的罪犯
翻飞的风筝每天在空中斗狠，看热闹的鸽子
就是不落下来，荒芜的田野
永远长满蒿草

我突然想：孔老先生“逝者如斯夫，

不舍昼夜”的感慨，一定不是穿过新华大街

来到这运河边说出的。

原谅我吧，并不是我对通州牢骚满腹，

而是居此十年，对这里的一切还不曾顺从——

我父亲的故事

我父亲每天早太阳一步下田，晚一步
回到他的院子里
有时还披戴着星星和月色，两手沾满
萤火虫的微光，仿佛超人归来
就着压水井旁的石槽洗脸，扑扑地撩水，
水花儿乱溅。我从屋子里冲出来，还以为
是鸭子在抖擞翅膀
我父亲大半辈子不抽烟，浅尝辄止地饮酒
他洗完脸，在门槛上坐一会儿
接着起身，去猪圈里看看他的猪娃，去西屋里
给老牛添一把草料
然后才吆喝母亲把晚饭端给他
——这都是很久以前的事，去年秋天
我回老家看他，他使劲拍着停在院子里的
红色拖拉机对我说："这家伙不错。能干。有劲。

真是呱呱叫。再不要我为草料操劳。

对了，你离天安门那么近，中央

最近有啥新的动向……”

他嘿嘿笑着，眼睛不眨地

期待我说出答案——

第二天一早，他就开着他的拖拉机

下了田，在他的十亩承包田里，像一个六十七岁的老黄忠

统率着他的千军万马，眉毛、胡子和头发上

结满了灰不溜秋的霜雪……

春天来了，消失的……

春天来了，消失的事物再次回到
我们中间。田野上轰隆隆，返青的麦苗泛着羞涩
拉拉秧摇着手指，脱去了棉袄的孩子
一溜烟儿飞了起来
随之而来的日子，我找到了布丁、野棘和刺槐的家
蚂蚱和蝴蝶在庄稼上跳舞
一座座墓碑，被雨水擦拭得一尘不染
春天来了。跋山涉水的人停在了途中
高速公路上，汽车一辆又一辆驶过
隔在栅栏外的一群绵羊停住了脚步，眼睛里
蓄满潮湿的光
潮白河波浪荡漾，早晨随手撒下的籽粒钻出了
若有若无的乳牙，消失的事物
再次回到我们中间。我从郊外回到城里
像一阵中蛊的风
一遍遍地向着屋里屋外的人们喊：哦，春天来了……

对一种心情的描述

正常情况下，对一种心情的描述
往往离不开举例。比如悲伤，它总是不请自来
我坐在公交车靠窗的位置，第一缕晨光
从车窗玻璃的缝隙间涌进来
路边的银杏树新芽萌动，白日做梦的老鼠在招摇过市
却没有一个人喊打，然后是春风化雨，滋润
紫荆和桃李，纷纷把芬芳捧上枝头
我突然悲从心生，说不清为什么
仿佛这心情与生俱来。再比如爱情，一根钢钉试图用铁锈
抵御时光的侵蚀，但它的爱早已痛彻墙壁的骨头
在两个春天之间，一对蚂蚁的离婚战争无终无解
但承载它们的树身又长高了一米。
为了见证寒武纪的爱情，银杏成了生长的活化石
但更多的时候，我的欢乐大不过一粒米
我就想办法把它爆成米花吧，蘸上甜，制成毒药

送给有缘人，击鼓相传。如果这样的想象失于天真
我就把它写成诗篇，对着天空和田野朗诵
这时候，我的心情蕴含着千万种心情
它是无法比喻和形容的，也是无法描述的，只供奉于
我辽阔而不安的内心——

京通路边的桃花开了

京通路边的桃花开了
京通路边的桃花，一朵一朵地
一枝一枝地，一树一树地
开了。绵延十多里路的桃花，在春风中
摆开了粉红的盛宴
赴宴者除了蓝天、白云、阳光、春风，
当然还有护栏外的迎春、紫荆、黄杨、垂柳和银杏，
以及偶尔闪过的燕子和蝴蝶
滴灌喷头在向草地上洒水，一辆辆汽车
呼啸驶过，车厢里的人在接打电话，发短信，
玩游戏，再把耳朵里塞满音乐
眼睛埋在报纸的墨乡里
在闭目养神。
只有一个被妈妈怀抱着的孩子
指着窗外，惊喜地喊起来："妈妈，桃花——"

但没有回声响起，也没有目光顺着她的手势
转过去，她的妈妈也没有，
仿佛这桃花开在荒野
仿佛，大家都是与春天无关的人
我看见失望的孩子哭起来，她眼睛里的灯盏
渐渐熄灭，京通路边的桃花
在她的哭声里叹息一声，纷纷扬扬
落向这个城市短暂的黑暗里——

每个人都是一个草莓颜色的公园

它是丰盈的，多汁的，仿佛初恋少女的
两片嘴唇倏然触碰。
它的围栏用阳光和雨丝构筑，比蓝天更蓝的
勿忘我，被绿叶子捧在掌心
它的小径曲折回环，两边种满绛紫的薰衣草
散步的蚂蚱，被热恋的露珠绊了个踉跄
它的房子用蜂蜜建筑
白云的帷幔里，微睡的星星
身上覆盖着薄荷味道的月光。花瓶里插着的
紫罗兰挂着露珠，墙上的大海
飘扬着点点帆影
蛋糕旁摆好了刀叉，玫瑰酒浆从杯沿溢出来
不食烟火的黄鹂
在屋顶上亮开金嗓子，而燕子翩翩起舞
这时谁推门而入，谁就是party公主或王子

当然，公园里决不能省略怀旧的马车，斜撑的油纸伞
轻拂的柳丝，以及猝不及防的一见钟情
如织的游人，从时光的深处
蜂拥而来，在四个季节里流连忘返
渐渐地，变成公园里独特的风景
噢，太美妙了，当我喜悦地
走在街头，我看到每个人都是这样一个草莓颜色的公园

深夜接听父亲的电话

这一次，床前的漆黑
没能够妨碍他单刀直入：“我知道，
你在北京过得挺好，你弟弟
过得也挺好，问题是你们的妹妹
三十大几的人了
到现在也没成个家，还一个人在外边漂……”
我嗯嗯地应答着，一边想着
他的白头，假牙，咳嗽，满心的
焦急和担忧
他一边给我打电话，一边望着
头顶的夜空——在那里
几颗隐约的星子，总让他担心
会忽然熄灭
他的身外，风吹歪树枝

秘密的蟋蟀，用叫声，一夜夜锯着

一个父亲

牵肠挂肚的老境——

一件物什为什么突然垮下来

我一直搞不明白，一件物什
为什么突然垮下来
比如一只瓷瓶子，白色的，清澈，轻盈，圆润
安放在屋子的一角，既没有插花，也没有
承载水和月光，有一天深夜
它突然倒了下去，不借助任何外力
就碎成了一地尖锐的瓷片，把我吓得心惊肉跳
陈鱼送我的油画，就挂在我家的客厅里
另一个白天，它突然落了下来
再从沙发滚到地板上，画中的马匹
紧紧地压住了骑马的少女，
少女的脸孔，只剩下了轮廓
我打开门，墙上的钉子早已逃得无影无踪
想一想，不可思议的事情
真是太多。一辆车抛锚在路边

车主急得围着它转圈，这时另一辆车
突然冲过来，瞬间把它拧成麻花儿
转圈的车主来不及呼救，就成了横陈的死尸
我的同事行色匆匆地跟相遇的每个熟人
说再见，回到家里，就把一瓶农药
灌进了喉咙。我家无人居住的老屋有一天
突然坍塌下来，屋子里的一窝野猫却安然无恙
我保存的最早的照片里
如今还苟活在人世的只剩我一个
据说恐龙曾经统治着地球，青藏高原
也曾是一片大海
这不是悲剧，也不是喜剧。我早已变得隐忍
而麻木。我也曾想搞明白
一件物什，为什么突然垮下来
一只瓶子，一幅画，一个钉子，一辆车
一座房子，一个人，一个物种
一个村庄，一个城市，一个国家，一个世界
也会突然垮下来
破碎，扭曲，倒塌，死亡，消失

成为历史深处的墨迹

我甚至想到“必然”这个词，想到这个词语里

蕴藏的宿命和道法，这样的归结

愚昧而残酷。它让我如临深渊

面对一张白纸，也恭敬而小心翼翼——

那么多金色的叶子突然飞了起来

那么多金色的叶子突然飞了起来

在这个早晨
那么多金色的叶子以近于无限透明的蓝色为背景
突然飞了起来

仅仅因为寒流突至吗
它们就脱离枝头，纷纷扬扬地飞了起来——
仿佛断弦上的千万只蝴蝶

其实是在这个城市深处的某一条街道上
从某一个瞬间
它们义无反顾地，飞了起来

落在你的头发上，脖子里，身体上

更多的叶子，飘飘摇摇地飞落去了你脚下的马路上

——带着悲伤的形状，爱情的形状，时间的形状
但它仅只是一片叶子——
一片无法覆盖你也无法占领你的金色的叶子

在秋末，这个空荡荡的早晨

流过身边的大河

流过身边的大河
进入中年以后，我渐渐听到它
并且在自己的身体里看到了它宏阔的影子
我是说，每一条河流
的源头都居住在你的身体里
无论是黄河、长江、松花江、怒江、澜沧江、大运河
还是缠绕着村子的涓涓小溪
这是河流的秘密
它不会亲口告诉你
这么多年
我在河边遇见青草、树木、野花
布谷鸟、飞鱼
我遇见挖沙船、铁锚、呜呜的汽笛
葬身漩涡的快艇
我遇见执手相送的人、伤心欲碎的人、一步三回头的人

我遇见一个孩子

他放牧着羊群，一边望着汤汤大水

眼睛里疑云飞渡

到了对岸

放牧的人，变成了一个老者

他的目光明亮而澄澈

仿佛有着河流的宽仁之心

我知道，是流逝的时光粉碎并再造了他

就像这水

它曾有涓涓的初始，惊涛拍岸的起落

越接近大海的地方

渐渐变成了虚无的存在

在暮晚的光线里

注视着落日熔金，一只笨鸟飞起又落下

或者干脆中途消失

成了地理学上一个神秘的词语

唉！我说出这些

从此将不再拥有任一条河流的秘密……

恍惚有月光

有时候，从梦中转醒
恍惚看到有光亮从窗帘的缝隙里落进来
卧在床前，朦胧，清浅
毛茸茸的
你甚至不敢咳嗽一声惊动它
但终于还是忍不住掀开了窗帘的一角
哦——确然是月光
纤尘不染的月光，在天上
在水里
沐浴着风中的村落，屋顶，以及大地的睡眠
却只让有缘人看到
就像现在
合上窗帘，房间里又陷入了昏暗
但月光仍在
沐浴着一座城市的今生后世

在夜里，在黎明，在嘀嗒的时钟深处

当你再次睡去

它也许还回到床前来

以霜雪，菊花，或其他的方式，并渐次

把你变成月光的一部分

散步诗

一个人漫无目的地行走
在早晨，或者黄昏
变幻的光线廓开我明暗飘忽的脸
我恍惚置身于无主地带
凝望一棵树
怎样一点点萌出嫩叶，开花，结籽
一夜间又被寒流夺了叶子
它虬曲的身体
曾经和叶子一起构成了我眼前搬不动的泰山
那些隐藏的鸟儿呢
那些吸附在叶子背面的昆虫呢
树林里奔跑的人群呢
我捡起一片叶子
只看到了死亡，背叛，凋零的光阴
以及光秃的树枝

我总是一个人漫无目的地行走
一任风刮歪我
我咬牙在风中站稳了
雨打进眼里
我把它变成泪水的燕子
流进嘴里
我就当琼浆咽下，让它在身体里
发酵，并燃烧起来
然后继续走向远方以远
有时夜静了
我仍然独自别离灯火而去
像一个梦游者
从乡村到城市，从少年到中年
在无边的夜色里，经过更多梦游者
他们眼中的光芒里
我仿佛逆行的幽灵
漫无目的地行走
却不曾到达比白纸更远的地方

涛声里的运河

有多少年，它落在我的血脉里
多少个夜晚
我枕着河上刮来的风声睡去复醒来
抽出一支烟，慢慢揉碎
黑暗中坐等天亮
多少个白天，我走上横跨的铁桥，手扶栏杆
看河水波涌浪起
垂柳拂风
轰鸣的挖掘机不需几天
就把岸边的棚户区变成了一堆瓦砾
我看到一叶快艇驶过
尖叫的游客随手把垃圾扔到了水里
那时我曾冲动地想跳下去
但这个月明之夜
我仍然一个人去了北运河

仿佛被神秘的力量召唤
一个人，行走或眺望
在月光下，如虚构之物
在万籁的寂静中
河水缓慢地冲刷着
我的轻狂之心，一点点地
向虚无的天外流去

扎根：每一条河流都有自己的名字

小雅歌

嘴唇在风中凋零

但嘴唇不是花瓣
它不拥有春天
嘴唇上丰饶的蜜汁，也不养育贪婪的采花盗

它鲜艳如一盏灯，点亮
漆黑的群峰
当风从不同方向吹来
它一点点熄灭。它一点点地熄灭

——“所以重要的
是信仰，而非信仰什么……”

一如你信仰

每一块石头，都曾用灼烫的焦唇

饮下白羊座的清泉

暮晚

暮晚的钟声里，你停下脚步——

恰似一朵花，升上所有窗口
从潮湿的枝头
深藏的香气弥散开来
你抬起脸，望见天边一弯新月

而河水汤汤
残阳如幕。在水里，在天上——

此刻落草的婴儿
此刻从原野飞来的山雀子和盲蝽象
此刻拱开栅栏的羔羊
此刻坐在屋檐下哺乳的妇人
此刻课诵的信徒

——在晚霞中

他们的安静，带来了暮晚的安静

而暮晚的钟声里

我一点点地消失了身影……

再次相遇的蝴蝶

再次相遇的蝴蝶
是否去年那个？或若干年前的那个？

从一座花园到另一座花园
它像一个神秘的搬运工，片刻停留而非啜饮

咫尺之外的铁栏，不见一枝一叶一花
它安静在那儿，不停变换着翅膀的颜色

……对视着我。
让我成为另一只蝴蝶。或者消失了踪影

一只蝴蝶从哪儿来？他乡。故乡。
从线装的繁体《庄子》？

再次相遇的蝴蝶，用斑斓的
翅膀创造了更大的神秘——

难道它也有人类的孤独？
而我们，从不曾相遇？

一匹马，两个人

我听见一匹马的蹄声
我听见
两个人的脚步

一匹马，两个人
翻山越岭
涉水而过时，像几片叶子

当我安静下来
听见他们
走在月光里，走在云端外

一匹马，两个人
有菊花的幽香，漫过旧山河

道路多么缓慢啊

远

我们说的过去多么远
今天和明天，多么远

而城市睡在灯火里
在窗外，湖水泊着星空，原野和山峦

多么远。三千里，秋冬春夏
你走过的树荫，如今生出了新枝
街道轰隆隆
我看见你的背影，我看见红尘滚滚

这是另一个街头，我看见无数的你……

恍惚想起了什么
——微笑和拥抱。其实我们两不相欠

你在天涯，或者隔壁

你已不是昨天的你

我活着，在记忆和怀想里，在新的一天

世界美如斯！我们终将互相陌生——

每一座房子，都有一个漂亮的窗子

如此。我坚信
每一座房子，都有一个漂亮的窗子

朝阳的，背阴的
每一座房子，都有一个漂亮的窗子

阳光随时可以照进去
以及风
每一个窗子，都挂着一幅漂亮的窗帘
那光辉的人
从窗帘后
掌控了外面的世界

一、二、三、四、五……我一边走
一边耐心地数

我坚信

每一座房子，都有一个漂亮的窗子

让我一直数下去

秋天

刈割的田野裸出原色的泥土
野兔的放逐
此刻弯腰的人，太阳把他的影子
也埋入犁沟

继而长出麦粟
稻黍、村庄，以及墓碑——
微物之神黑暗而巨大的胃，翻滚泥土的波浪

从我的村庄，向南一里的练沟河
向北二里的清水河——
河床上滚动的石头和白骨的闪光

而我曾长坐于此
没有一朵云认出我，没有流水

打湿我的脸
即将夷平的坟茔，对应着村子里
寥落的人影

如同天上的星辰，对应着人间棋布的屋顶

即景

雨的悲情
先于暮色，落进暗夜里
在灯光亮起之处
密集而慌乱，像极了从舷梯上走下来的旅人

雨落上他们的头发
落上他们的脸
落上他们单薄衣服下颤抖的身体
他们鱼贯而出，径直奔向停靠的摆渡车
隔着玻璃
目视更多人狼狈地冲过来

这雨啊
并不见停下来的意思
初秋的寒凉，一阵阵地扑面而来

摆渡车那么安稳
像睡熟了
让挤在车厢里的人们，也渐次安静了
在到家之前
平息了心中泛起的躁动

继续有旅人从舷梯上走下来
在黑暗中
看不见他的脸
只能听见周遭焦灼的呼吸，以及车窗外
更大的雨声

看样子
这雨是不会停下来了
它要把我们
都留下来
听它在车窗外，把前生今世述说个清楚

描述蝴蝶的十八种方式

1

蝴蝶飞起来，稀薄的
空气里，光线微颤类似于
风暴生成。粉质
的密纹唱片，带出口红的细屑

青草的尽头，一只蝴蝶及它的翅膀

2

蝴蝶落上马蹄
马尾持久地勒紧

……更多蝴蝶在琴弦上

流淌，你看不见

马蹄飞扬，一路把蝶翅带向远方

3

一个婴儿在追蝴蝶

一个少女在追蝴蝶

一个诗人在追蝴蝶

普契尼的蝴蝶夫人

希区柯克的丽贝卡

在舞台一角狭路相逢——

……时间的深渊

4

亚马逊热带雨林的蝴蝶进入睡眠

得克萨斯州的一场龙卷风停息下来

一只蝴蝶的孤独
纳博科夫黑暗中的笑声

5

人类共有的好奇心
驱使我
揭开了蝴蝶的睡眠

……哦，粉红少女的胎心——

6

我爱蝴蝶胜于遍地野花
爱旷野，远胜于无人的村落

一片草叶蝴蝶停歇
才具备了神性
如同接纳了亘古的寂静，和人类全部的爱

7

破茧的蝴蝶，从山谷

撞入庄周的梦中之梦

谁能说出一只蝴蝶的边界——

今天落上废墟的蝴蝶

去岁曾用触须，拯救了教堂里的神父

8

2017年。2月。7日。

波兰。克拉科夫。向西五十二公里

奥斯威辛遗址——

一只戴防毒面具的

白蝴蝶

收敛翅膀，无声地栖息在锈蚀的焚尸炉

9

蝴蝶飞出宫墙

尝试自我救赎

蝶衣在风中燃烧

山谷随暮色转暗

10

一只蝴蝶从草原

飞临大海

大海瞬间安静下来

11

你心中解不开的蝴蝶结：红色
的翅膀，红色的触须，红色的身体

为什么一定是红色
而不是蓝色、黄色或杂色

你一伸出手，蝴蝶飞去了天外

12

更多的蝴蝶，随早晨而来
与你交换酒杯和死亡：黑白之间的变幻

谁听到了身体里
蝴蝶的尖叫
而错误的蝴蝶标本，成为真理的虚证

13

闪电劈开坟墓
蝴蝶破棺舞出

再次相遇的蝴蝶
蜕去睡眠，确立了信仰的存在

14

镜子里的蝴蝶
钢轨上的蝴蝶

潜水钟与发射塔
映现蝴蝶的落差

15

一只穿过长安街的蝴蝶

在尽力挣脱银杏叶子的羁绊

落日照亮了轰鸣的国贸桥
它对着汽车的河流呐喊：停！

16

蝴蝶有比落日更广阔的祖国

一只与死亡对视的蝴蝶
足以永生，并获得巴赫的弹奏

17

你见过琥珀里的蝴蝶吗？
它如此安宁，又危机四伏

只有天空依稀记得：蝴蝶
从最高处飞过，并瞬间逗留

18

不要与一只蝴蝶相爱

你见到的是幻象：光斑

移动……而蝴蝶，从不存在

关于月亮的五十四行诗

1

打开书，翻到有月亮
的一页。
月亮。一个词的光溢出——

蓬松的羽毛，惊醒落叶与鸟啼
也有时化一滴浊泪，悬在沉睡者的眼睫

2

风吹过灌木丛莽
月亮转向西南，村子从夜色里显形出来

接着显形的是我黑头巾的母亲

她反复弯腰

捡拾麦苗上的露珠，最后随月亮一起匿迹旷野

3

雾霭缠绕村路，水声交错舟楫

黑魆魆的岛屿

大地的仓廪以金属尖顶刺向苍穹的幽冥星图

父亲摸索着走向村外

月亮下掏出他的命根，向蛙声划出一道亮白弧线

4

在两朵云之间，月亮的凛冽光芒

从天空垂下

柔软的梯子。……幼小亡灵在排着队走上去

——哦，不要惊扰了他们

不要抽走那看不见的，虚无的银色绳索

5

同一时刻，我的母亲

从旷野上回来，她反复揉搓着双手

从胸口掏出石头，蟋蟀，紫色的荠菜籽

以及更多钟表，磁铁，碎成小骨头的儿子和女儿

6

不要和月亮说话

不要爱上月亮下出走的人

不要和月亮的阴影说活

不要问月亮下回家的人去了哪里

不要用月亮洗脸

不要从月亮下发出田凫的啼鸣

7

在月亮下，一只癞蛤蟆
也有纯银的嗓子

一片麦叶头顶的露珠，有月亮盛大的影子和反光
沉重地，把干净的旷野压弯——

8

我爱遍野的白榆、洋槐、苦楝、枣树、野荆
年迈的木匠
请它们归位于桌子、椅子、床榻、棺木、条几、柜子

我更爱扶风的柳枝，随手折下它，粘上纸花
插在堆垒的新坟前
它在月亮下生长，黎明前成为另一棵扶风的柳树

9

没有人能避开月亮的朗照

在月亮下晒黑的人，有更白的牙齿

在月亮下失明的人

模仿着鱼鳍划动臂膀，从旷野上越走越深

10

……哦，教堂尖顶的月亮

梵文经卷里的月亮，江水流淌的月亮

墓地里的月亮，女人子宫里的月亮

……博格达峰顶对雪梳妆的月亮

11

失明的月亮在博尔赫斯手指下
起伏着老虎的金黄

必须仰起头颅，才看得见月亮里的自己——
那皎洁的月亮少年，一出生就垂垂老矣

12

在月亮下，我死去的
祖父一次次乘着马车漫过水银的天空

乌鸦之歌

1

一只乌鸦口渴了。它用尖喙
从太阳里衔来石头，让瓶子里的水涨潮

从瓶口流掉
而自己一直保持着水的饥渴状态

2

乌鸦在叫，我看见它
像一道黑色闪电，斜劈开寂静的树林

它怀抱琴行从我头顶飞过
多少声音在回旋

这被谎言泼墨的鸟，我其实对它一无所知

3

如果一只乌鸦落在雪地上
如果两只乌鸦落在雪地上
如果十只乌鸦落在雪地上
如果一百只乌鸦落在雪地上
如果更多的乌鸦落在雪地上

……雪地灼烫。雪在融化
而乌鸦渐渐变白，近于不存在

4

乌鸦从天外飞来
叼走了那枚陷害国王的毒戒指
拯救了遥远的马加什王朝

哦，不要说那是神的意志

数千年来，谁曾见到神圣的孔庙

有过容留乌鸦的一截枯枝

这些荒野的流浪者

一直苟活于自己的阴影里

5

更多乌鸦在麦田上空翔集

没有星星，没有月亮

漫长的一日，

被太阳炙烤的凡·高，一步步走向河谷深处

仿佛听见了从那

古老地心传来的，神秘的召唤……

6

乌鸦带来的厄运、凶兆
和死亡，远远逊色于粪便的恶作剧
它翔集，盘旋。不断地
向人类展示飞行的神秘技艺

是的，它带来的善
并不比燕子、喜鹊和苍鹰更少

7

临水的乌鸦看到了自己的影子
肥胖的，丑陋的
不忍卒睹的……一声凄厉的唳叫响起

它不回头地消失在天空深处
我因此确信，所有鸟类都生有一颗爱美之心

8

我对乌鸦的怜悯缘于爱屋及乌

我知道那最大的一只住在月亮上
它也是离我们最近的，上帝的使者

9

久远的沉默之后
乌鸦从不祥之鸟蜕变成了黑衣先知

它忍辱负重的一生
犹如伟大的思想者（苏格拉底，还是尼采？）

10

乌鸦浴火而舞
从漆黑里，持续传来撒旦的笑声……

飞行记

1

此时黑夜，月光从天空的眉心
落下来

月光的道路，屋顶，铁树枝干，摇荡的灌木
风吹拂青草叶子
窗外的高架桥，带来钢轨的闪光

天空下，有人梦见死亡
有人梦见出生

2

此时挣脱了地面，但离天空并不更近

一只铁鸮，伸展翅膀
小心地平衡着笨拙的身体——它的身外是真空
发光的石头，白云模仿雪浪

它轰鸣不已，一些人从座椅上站起来
另一些人在继续睡去

3

不止于海平面。一定也有呼吸
和目光的海平面

在同一平面上。黑夜也是白昼，北方也是南方

一面镜子对照影者渴望不已

我爱一杯红酒胜于红唇
我信仰一座木塔，胜于建造它的工匠

在你诞生之前，我已颓废了一生

4

薰衣草有薰衣草的颜色
不是红、蓝、黄、紫、白，而只是
薰衣草的颜色

一片接一片地铺向天边
那么多的薰衣草
怎样淹没在了自身的香气里

骑马的浪子，带走了关于她的传说
但带不走她的爱和芳香

——这唯一的，薰衣草的夏天

5

明亮的雨，从瓦檐上落下来

更多的，落上了蓊郁的榕树和芭蕉叶子

有人在奔跑，有人在发呆，有人在打折叫卖鲜花

窗外的一池清水里

越来越多的鱼，争相浮出水面

——我坚信他们和它们，都不是因为饥饿

而是因为，这不期而至的雨

6

雨敲着玻璃，轻重缓急

一整夜

它们有足够耐心，让我醒来复睡去

天亮之后，我只听见明媚的鸟鸣

有什么可说的？一座陌生的城市
一条河，与它的两岸
车祸现场，反复播放的背景音乐，暗淡下来的肌肤，凋零之唇

你爱所有。如今你只爱自己

——那么，继续爱吧
一如继续睡眠，等待杯中的红酒一点点地
演变成水的颜色

7

突然间，我幻化成了一只困在大海中央的羊……

如果这是真的，我就脱下羊皮
对着月亮
发出一声胡狼的嗥叫，然后踏浪而去——

8

雨再一次落下。雨中奔跑的
车辆慢下来
而行人，加快了脚步

正午的黑暗不期而至。
比黑夜更黑。比一块铁更黑。比屈辱的眼泪更黑
比二十四年前的正午更黑

今天是什么日子？那么多的人
在雨中
加快了脚步

他们要在这一天离开
把城市和街道
空出来，留给洪水和轰隆隆的闪电

9

死亡窥伺着我——

在梦里，他扼紧了我的喉咙
迫使我
灵魂脱壳而去

灵魂站在不远的土堆上，因为不能再返回肉体
而失去了向众人求救的可能

我从梦里醒来
不动声色地，把时针向前拨了一秒钟

10

一只夏天的蝴蝶
和一只春天的蝴蝶有什么不同？

庄周梦见的一只蝴蝶
和一只梦见庄周的蝴蝶有什么不同?

一只蝴蝶扇动翅膀，可能引发另一
地方的一场飓风
而一场飓风，可能缩小成一只蝴蝶的翅膀的扇动

两场飓风相遇了
它们轻轻地拍了拍，一对蝴蝶的翅膀

11

雨无休无止。仿佛全世界的雨
都来到了这个夏天

我在雨中行走
有着和坏心情一样多的好心情

12

伞是必需的，但你收了起来
房子是必需的，门被一次次推开又关紧

茶几是必需的，水雾升起
当音乐中断，水雾后破碎的脸是必需的

所有人离开是必需的
空荡荡的咖啡馆，窗外的雨越下越大是必需的

沉默像两根潮湿的火柴，在彼此的头发上
摩挲。我们的
沉默，让黑夜提前一个时区降临

黑夜里，我们不再看彼此
黑夜里，即使子弹穿越苹果，我们也不再看彼此

我们是黑夜的孩子。我们是黑夜的孩子……

13

落日如猛虎

逡巡旧山河

这亡灵超度的时刻

这万物静穆的时刻

但再过一会儿，黑夜就要降临了

14

有唯一的梦，在醒来之前

我蜷曲如婴儿

太阳升起来，群鸟一路向北

病中作

1

在冬天到来之前
我先躺到了病床上。隔着厚玻璃
我仍看到雨，阳光
秋风走过，红灯笼一样的柿子
在枝头一闪

房间里的远方
沙发、椅子、茶具，苹果和橘子
吊瓶
红色药片和蓝色胶囊
衣服下的骨头一阵阵战栗
我抱紧自己
像一个婴儿抱紧在母腹中

在时间之外，在分针和秒针
擦身而过的一瞬间
我已不再祈求别的什么
亲人们
放开我吧，去以你想要的方式生活

但因为这层玻璃
房间里有永恒的温暖和安静
我怎能舍弃
人们在房间外奔忙。老园丁在做今生最后一次修剪
更远的马路上
一扇扇车窗后模糊的人形

在冬天到来之前
我病得更深。我躺在病床上
策马扬鞭
奔向世界的每一个白昼
和夜晚

2

而黑夜的尽头
生长着一片透明的白色森林

我喜欢坐在森林里
看阳光漫过脚跟，漫过膝盖，漫过我的肩膀
漫过额头
我喜欢
在阳光里一点点地，变成一个透明人

我的疾病也是透明的。肌肉的，骨头的
血液里的
所有的疼痛，一起迎着阳光
奔跑起来

而世界多么安静
仿佛这一片透明的白色森林

每一棵树都是透明的
一棵青草摇曳
一片落叶飞起来，又落下去
不是因为风
而是这漫过来的阳光

我所恐惧的疾病
数十年如影随形，挥之而不去
它必暴露在阳光下
再无处躲藏，让我看清它，与它达成和解

那么，来吧
在这黑夜的尽头我们坐下来
在这袅袅茶香中
我们坐下来谈一谈生与死
我们来谈一谈
这黑夜尽头的白色森林里
突然现身的老虎

我们来谈谈，漫长一生中的这一秒钟

3

失眠者的夜晚
有不为人知的孤寂

我确切地听到了青蛙的叫声
一池塘的蛙鸣
唤醒了稀薄的童年记忆
我抱紧麻木的左膝，仿佛那儿正春草勃发

疼痛的光芒
从腰身向下，辐射向髋、膝和脚腕、趾
如水波荡开
一层层，进入无始无终
肌肉的痉挛
你不会在另一个世界听到它
一只老虎的咆哮，或鸟的尖叫

只有池塘的蛙鸣

当火焰升起来，它们鼓凸的巨大的嘴巴

不是鸣叫

而是持续地说我曾从它们中走过

当我咬紧了牙

对面墙上的霉斑在一点点地扩大

4

世界多么广大，而你将在雾霾

之夜消失

这非偶然而是命运——

命运！有他全部的颜色

给我一块画布

我要画下它的不同立面和一滴泪水的重量

不，我只要一个房间就足够了
一扇落地窗
一张桌子，一把椅子，一张白纸和一支笔
我写下残缺的文字
然后，把我一身骨头也放进去

但灵魂，不需要残砖片瓦
它游离在世界之外
像一片羽毛，那么轻地落下来
我骑上它
去远方以远，去疾病之乡

你那么真实
而完美
我将在蔚蓝深处找到你

我还将在一个词的深处，还给你——

你好，早晨

你好，秋之熹微
你好，沿曙色上升的清凉杯盏

你好，远方以远
你好，穿过原野驶向天边的车辙

你好，泥土举起的忍冬花
你好，泥土下流浪的白骨和亡灵

你好，蒿草澎湃的田埂
你好，被田埂绊倒的惊惶逃窜的野兔

你好，马蹄踏碎的露珠
你好，天亮后继续蒙头酣睡的懒汉

你好，树枝缠绕的乌鸦

你好，鸦翅掠过的死一般寂静的村庄

你好，交错的高压线

你好，高压线上安家的数不清的麻雀们

你好，垃圾堆叠的群峰

你好，这流光溢彩的黄金大城

你好，早晨

雨

雨中的人群雀跃着张开臂膀
迎向天空
像迎接一场伟大的爱情
大海也分不清脸上的泪水和雨水

雨中的垂柳
恣肆地交出身体，任由暴雨扑过来
枯草贪婪的嘴唇在集体暴动

这雨来得猝然，雨中跌倒的老人
被稚嫩的小姑娘扶起来了。
呼啸而过的车辆，并不曾而减慢了速度

这雨从白昼落向黑夜
交错的闪电

照见了楼群的骨头，又强摁在雨水里

我躲在十八层楼的落地窗后
看着这一切。看地上的蚁族雨里徒劳挣扎
并不施以援手

这久旱之后的雨
让妖孽们现出原形而不尴尬吧。让消散的灵魂
被雨水复活，欢笑，尖叫，狂奔

雨水之后
一棵草吻着另一棵草
一片叶子，羞涩地凝视着另一片叶子

曙色初生
所有事物都在醒来

星星和月亮

我笃信每一颗星星上
都住着一个神灵
他用闪烁的目光俯视人间
洞悉一切善恶
做好事儿的人会一直活下去
而坏人终成碎石
我常在睡梦里依偎着祖父
坐在太阳下
用他的身体取暖
（但我从没见过他活着时的模样）
月亮移过木格窗棂时
我看见祖母的脸
她的手从月亮上伸出来
替我掖好被角，摩挲我的额头
这时候我突然醒了

但什么也不说

静静地，接受她的恩典

她的爱抚

我笃信在月亮和星星之间

一定有什么神秘的力量

在维系着人间的平衡和生死

我从人间望见他们

他们也从天上

看我在人间出生，受难，一天天衰老

一天天走向死亡

完美的光

散步途中，我又在
北运河码头
停留了一会儿。码头上没有人
十几条游船
随波浪颠簸。仿佛一群乞儿

一盏灯照着船上
散乱的凳子，木桨，救生服
漂浮的垃圾
一浪浪，追逐着我的鞋子——

……在慌乱中
我一步步后退，退无可退
也不能留住
对岸黑暗中的事物

你知道，白天的时候
我曾不止一次
来到过这里：驻足，或下水——
我熟悉它的另一种镜像

但在黑暗中，一条人工河
也是不可知的
它溢满，或干涸，或藏起星空
你仍从浪尖上
看到它完美的光，并爱上它——

一堵墙的拐弯处

墙角生出
不知名的几种植物
在夏天绿过
也开花，结果儿
叶落秆枯，自生自灭
有几片叶子——
杨树叶子，槐树叶子
银杏叶子
都失去了颜色
我知道，风把它们聚在这里
如果来一把火
它们将化成灰，被风散尽
最下边的几块砖头
裸露出来
砖头上有几块血迹

那么模糊

却扎眼

没人说得清它的来处

如果有雪落下来

它将被掩去

今冬无雪

它一直红在那儿

随暮色而来

天暗下来，晃动的
居民楼，没入自身之黑暗。
越过窗帘，我的视线
停在门前空地上，寥落的秋千架，
单杠，双杠，生锈的跑步机，
因无人而孑立着。
那么久地，我注视着它们，
盼望有一片枯叶飞起，
或一片雪花落下来。那么久——
飘摇的芙蓉路，隔在栅栏外，
要绕很远的路，才能去那儿乘车，
我几乎失去了兴趣。
隔着窗帘，我的视线里，
有三个小孩跑过去
他们绕过单杠，双杠，生锈的跑步机，

径直爬上秋千架，坐好了，
小身子挤在一起，也不吭声，
一直安静地，望着远处。
我一直注视他们，那么久地，看暮色涌动，
淹没黄昏，三个小孩，
身形渐渐模糊，渐渐随秋千架，
一起消失在黑夜里——

一条街轰隆隆

一条街轰隆隆
从早晨穿过——谁目睹了
它的生死，人如蝼蚁
席卷众生，它扬起的尘埃
埋葬一张张破碎的脸
水泥的森林，从一万米深处醒来

而夜深时分，一条街
必安静下来
看荒芜之花漫向对面楼宇
漫向一扇窗的漆黑
看更多人死于甜蜜之爱，死于梦中向外跳伞
而独弃我于街头，等戈多归来

一条街的前生是一条河

来世是另一条河

在两条河之间，它背着所有行李箱奔跑——

背着一生的砖瓦，肉体的欢悦

暮鼓，晨钟

奔跑在这座城市里

我想在拐弯处拦下它，抱着它痛哭一场

一条街轰隆隆

它有古老的占星术。它有滚铁环的孩子

从天边的地平线

把一条街滚成环状闪电

春雪记

下雪了。羊年第一场雪
从子夜开始
早晨拉开窗帘，见雪花在飞
草地上，树枝上
茫茫一片白
几行脚印，拐向不同楼门

忽然想起年少时
冬天一片白茫茫
孩子们在雪上飞，追逐，打雪仗
撒一会儿野
或者扫开一片空地
撒下麦子，用竹筛捉麻雀
这古老的游戏，我们乐此不疲
而父亲蹲在屋檐下

看我们，一天天长大成人

这些年，雪愈发稀罕
孩子们
也走远了，只有老父亲
蹲在屋檐下，盼着一场雪落下来

雪落下来了
从窗外，落向千里外
早起的老父亲
推开门，顺手接住了第一朵雪花

花园记

从前的一片空地
那么促狭，却总有花儿开
迎春，月季，紫荆，金盏菊
不同的颜色
不一样的叶子
老藤爬满了护栏，青涩的柿子
从树叶下闪露出来
孩子们称之为小花园
巴掌大的地方
我坐在其中，读一本诗集
仿佛蜜蜂啜饮
更远的，石头上的闪光
你看不见
而眼前这一切
却是真实的，被时光确认的黑暗

在早晨散尽了

自然的恩泽，呈现为一滴露水

旋转着

消融在盛大的阳光里

失败之诗

我梦见，落日如猛虎
被群峰挽留
它的嘶吼，摇荡着群峰和山谷
醒来后，我发现自己仍然躺在床上
我把它讲给受惊的妻子听
她翻个身，又沉沉睡去

我把所住的房子
翻了个底朝天
房子里的物什，大到家具，近万册书籍
空调，冰箱，电视机，床和桌子
柜子里的衣服，微波炉，油烟机，碗筷，院子里的花盆
小到卫生间里的洗漱用品
一盒避孕套
统统被挪动了位置

我瘫坐在客厅中央，一副受难的样子

我爬起来，靠在窗前
呆愣愣地望向
两栋楼之间的一片空地
从那儿走过的人，流浪猫，几片废纸
似乎都负着神秘的使命
妻子走过来安慰我，让我出门走一走
我不搭理她，还拒绝了她送上来的一个亲吻

儿子也从房间里出来
他建议我读诗，胡乱写几行
我奇怪地打量着
这个二十二岁的男孩——他有一米七六的身高
嘴唇上已生出绒毛

我变得如此不可理喻，一定什么地方出了问题
但我一直找不出原因
为了不再滋扰他人，我尝试着早睡

等所有人睡熟后

又悄悄地爬起来，去沙发上发呆

去阳台上，静待

第一缕光线从深渊里升起来

另一条河

流淌在我的身体里
缓慢，滞浊，变换着不同的宽和窄
仿佛集合了我一生的血液
在浩繁星空之外
传说的画舫、亭台、歌舞升平，去了哪里
当树叶落尽了，迎风的灰雀
迅疾掠过，雨夹雪
绵绵不绝地落下来，埋过了夹岸的堤坝
独舟漂泊的人，倒下去
再没有站起来，他的魂魄
化作了子夜时分一座座村落的呜咽
而沿途废弃的码头又在诉说什么
用十根手指和一柄铁锹
挖一条畅达水道，并不像在纸上
画一根曲线那么轻易

你在我黑暗的身体里挖啊挖

就像挖一座王屋山

当猎猎的船帆被一朵桃花照亮

我看见满载的玉器和佳人

一个王朝的苍老背影

也看见白骨铺就的河床

在一年年抬高。水啊水，终将被一粒泥土饮尽

那搁浅之地是终点

亦必是源头。

而谁的身体里没有一条变幻的河

它寂静又荒芜

在水不能及处生生长流

入秋记

我已忘却这后半夜的凉爽，暑热里睡去
脊背上的汗水，更暴露了身体的臃肿
一窗风月尽，我欲乘舟去
江海寄余生，而雨的手指敲击着玻璃
它急于喊醒我，不惜发动窗外
黑暗的树叶，摇荡的词语陷阱
秋天这么快又来了，我们焦渴的唇
还在枕席间寻找，在另一个身体里摸索
而时间以雨的形式攻掠你，让你
睁开眼，看到头发变灰，心被更大的雪覆盖
黎明的光线里
什么在加增？什么在减少？
在内心的隐秘没有被迎头痛击之前
第一辆公交车已迎面驶来——
它满载咸腥和汽油味，落入你麻木的舌尖

下班途中，过地铁北运河西站

暮晚的所有事物闪耀着
一样的安宁之美
道路敞开在喧嚣里，风摇曳密集的银杏叶子
悬铃木和刺槐下自行车的长龙
在等着下班的主人归来
轰鸣的汽车交叉向四个方向蠕动
银行营业部。医院。沃尔玛超市。建材城
折断的滨河路。绿灯。红灯。
从地铁口吐出来的人们，低着头，行色匆忙
一边在朋友圈里刷着存在感
河岸边，金柳扶风
暮色里的雪松、冬青、黄杨，收拢的刺玫瑰
迎着悠扬的阿狄丽娜
一起把影子投射在流水深处
而流水不腐，托起运河桥战栗的钢铁之躯

这时候，我的存在
类似于尘埃、落叶、云影
或远处的高楼玻璃幕墙上的鸟鸣
这时你出现了
像一头害羞的麋鹿，走向我
我会惊喜地停下来
放下所有烦扰，与你一起走入凉爽的秋夜
那儿是孤独生根之地
地铁站在北运河黑暗中闪着灵光

曙色近

拂晓凉薄的光线
从天边升起来
依稀的村庄，模糊的屋顶
独守路口的塔松
睡熟的人，在梦中不觉察这一切
而一张窗帘
隔断了星辰的暗弱的光芒
你睡得那么沉
恍如死活埋了你
但曙色在上升
花蕊上的滴露颤抖的刹那间
这鸟儿用尖喙
一点点地啄破了关紧的窗子
让光线不断扩散
惊醒仍在长睡的人们

这鸟儿，还有燃烧的羽毛
在寂静的时间里
忽闪着翅膀，发出震耳的喧响
让所有的屋子都亮起来了
所有人都看见了
它血肉落下的白色光芒

暮光

节假日，我习惯待在屋子里
喝茶，发呆，胡乱翻书
与孩子们聊一会儿生活琐事，以及远方
我说对外边的世界已失去兴趣
你说我为懒惰找借口
但我喜欢散步，听暮光里的鸟鸣
秋来树叶飘落的声音，露水在暗处秘密集结
运河水几乎是静止的
一年的这几个日子，我无所事事
一天里的这一段时光
我门都不出了，坐在阳台上，看众生匆忙
心情陷入惶惑
不远处的银杏叶子，泛出金黄的暖意
过不了几天，它们也将飞起来
落入无边的岑寂

而季节流转，并不为这暮光之城

由衷赞美，或瞬间停留

我可以，继续留在阳台上

任万物隐入黑暗，万籁虫鸣骤起

我揸开五指，与你挥别

或竖起拇指，让黑夜发光，随持续的晚钟

一起照见我平静的脸

爱

你写下“爱”这个词
一场入秋的雨从黄昏开始落下来
从稀疏，到密集。隔着玻璃
我看到行人狼狈的样子
他们以手加额，神情惊惶
而焦虑，像过去年代的默片，湿透了街头
而在喧嚣之外，雨水几乎是静止的
洋姜花的金色单瓣
时间几乎把你也蛀空了
磨损的肌体，牙齿的痛。“一只鸟的鸣叫，
能否唤醒这黑色的枝条？”
天亮之前，雨也许会停下来，也许不再给你
喘息的机会，而月亮的羽毛
飘落花园深处，或你低垂的眼睫上
即便没有这场雨，如果不是工作所迫

你的生活半径不会到三公里之外
6号线地铁，公交，万达影城，超市，农贸市场
老城墙遗址，运河森林公园，废弃的铁路
……你说，一个阳台足够了
你的全部爱，源于对新事物的无所适从
烟，酒，茶，繁体的竖排典籍
你还记得童年吗？
一个农民从窗外飘过，又一个农民
从窗外飘过。在梦境里，
如果不是肩扛沉重的农具
他们像入秋的雨永无休止
而你让自己停下来：在这雨里
在夜的不可测的入口

树叶闪烁

光斑在叶面上追逐
幼兽与蝴蝶
的惊鸿一瞥，记忆深处也出现过？
蝉噪声慵懒
而漫长，花蕊释放着香气
如果不是蚂蚁
你怎会停下脚步，看见树叶遮住的飘窗
斜伸出一张悬停的脸
旋转木马，淋湿在楼后的操场
孩子们的童年，就此
戛然而止？
或者跟随蚂蚁，驶入草木遮掩的幽深洞穴
风的独奏里
怀孕的少妇，迎面走来——
十个月后
她将生下一座星星幼儿园

早餐记

早餐是昨晚熬的杂粥
因为加入了
荞麦，紫米，黑米，红豆，绿豆，芸豆
大枣和山药
一夜的文火慢浸
变得浓稠，模糊的中药颜色
我甚至想到了杂诗，杂文，四不像
但它并不吊高我的胃口一毫米
你看出了我的不耐烦
——“还有蒜泥鸡蛋，加少许盐和芝麻油
味道新鲜，可以申报非遗……”
冰箱里还有老爹排队买来的麻酱饼
足够全家人吃上三天
而我只要一根油条，一杯豆浆，半碟儿咸菜
我站在厨房外

有点犯傻。想着昨晚吃了什么

无非是中午剩下的米饭

土豆烧牛肉，番茄鸡蛋，清炒芦蒿，等等

“你总是浅尝辄止，

物价见天飞涨，扔了不心疼？”

你望着我，仿佛受尽了委屈

我拍了拍你的肩

表示着歉意

我们围餐桌坐下来

早餐吃得安静，仿佛剩饭也好吃极了

阳光从窗子边斜射进来

餐桌上的杯盘，映出我惺忪的倦脸

美好的清晨

一个美好的清晨
必是安宁的
稠密的银杏叶子与丝瓜藤蔓
从木栅栏里
递过来，颜色愈接近
季节的本质，长天与秋水
三两朵闲云
悬停在窗外天幕上，任风吹拂
而几近不动
去花园里的草径
第一次有了通幽的苍茫

我的小欢乐，慵懒地
飘浮在空气里
带着曙色的皱褶，以及花纹

你比蜂鸟和蝉噪
更早醒过来，轻手轻脚地
去客厅里倒水
去厨房里忙碌

我在迷蒙中听见
鞋底踩着地板去远，继续抱紧自己——
恣肆的小睡，端的
比咸菜，黄米粥，和几片面包
更具魅力
在早餐的荒芜处，几个新词悄然蔓延

由此，你明白
我何以
对彩虹视若无物了
雨后的第一缕光线，落上低眉处
一枚生涩的柿果
而广场上的舞者，正往幽暗的枝头集结

如果没有坏消息传来
这也是美好一天
的开始。我向你说起梦中的亲人
此刻呵，他们
抱一怀金灿灿的玉米，从田埂上
疲惫地走来
在隔壁的钢琴声里
你把碗筷收拾了。我走出院子许久
又止不住地
回望了一眼虚掩的木门

在运河边

一个人沿北运河散步

看河水还不结冰，月光照在河水里
溅起闪烁的银子

多少个夜晚，月光一样照他
照着北运河
嶙峋的石头，枯枝，衰草，村庄，无人旷野

他在河边坐下，看静水虚空
藏起头顶夜空和星月，战栗着喘息的桥墩

在河对岸，工地荒芜，塔吊孑立
多年以前，那儿还不曾拆迁
门窗敞向瓦楞

一排排平房，点亮了灯火和人形

麻雀们混迹其间，灰头土脸
在春天之前
身缠疾病过河，踩着波光粼粼的刀子

他仿佛入定了，坐在河边
看水漫堤岸
一钩新月遮断去路，把他变得晦暗不明

暮晚之诗

随暮色到来——那么多人
因急着回家而堵在路上
另一些人走出地铁口，顺手买一枝玫瑰

你揿响门铃。迎上来一张
倦怠的脸。她腰系围裙，双手还滴着水
你必须自己给玫瑰找一个位置
笑着对她保证：这不是最后一枝玫瑰

也不是入夜后滞留街头的卖花女
被城管驱赶。玫瑰花撒落
像星星布满天空，甜蜜酿出苦涩的泪

无数个早晨，孩子们
揉着惺忪的眼睛走向学校。接送的亲人

从他们身后挥手，反复说再见

洒水车从雨中驶过，没好气地四向喷水
……我并不紧蹙眉头
而是小心带回家，作为玫瑰上的露珠献给你

小区空地上放风筝的老人
紧着手，在慢慢收拢最后一缕泛白的光线

秋日篇

1

吹过天空的风，也吹透你的身体
乱云散，尘埃落，村庄隐入迟暮
绛紫的金钟花敲啊敲，落日一点点变凉薄

秋水掬月，藤蔓转动顶头的银河
在琼浆酿成之前，孤独有十一种颜色
葡萄闪烁的光，被枝条的黑暗吸附

幼兽和蝴蝶，只相隔月光的转身
一场雪完成了远山的神话，鹰从不现身
安慰之诗轻如羽毛，重于群鸟飞过

睡入草丛的老者，婴童也唤他不醒

草随他身体生长，荒凉漫过骨头
时光慢慢收拢他，而不轻轻带走

2

比夏天晚一小时拉开窗帘
光之羽轻推开飘窗，空气饱含汁液
秋柿的膨胀，源于霜露的酿造
青草恰恰起舞，不是因为
风急天高，而起自枝头鸟鸣的旋流
你怀疑鸟儿的舌根下，也埋藏着
数不清的金属簧片的微颤
你手边的冷白开，不见了涟漪跌宕
另一杯炭烧咖啡，香气缭绕
杯盘中的切片面包，煎蛋，自磨豆浆
亦非小资调儿，而是对古老疾病的敌意
你坐下来，读一本书：《陶潜集》
或《一平方英寸的寂静》，街口沸腾
凉风铺展宣纸，滴墨尚未洇开

这时候，一只飞蛾落下来，你也
不惊动它，且当是不期的自然来客
或神的小天使，它目光灼灼
触须如电波荡漾，抖擞的翅羽上
的粉尘，在晨光里安宁下来——如
一首新鲜的诗，朝向泥土，所有
不足道的事物，已无须你以笔去涂鸦
你想说的一切，忽然变得多余了
这样的早晨，也不要忏悔
道歉，哀伤，有节制地赞美
片刻的恍惚之后，你一点点地适应它

3

黄昏后，两个瘦小的民工
隔着合金栅栏向你招手
他们拎着的斑驳漆桶和毛刷
告诉了你反复敲门的理由
你穿过阳台去开门，又搬来木凳

两人推开了你递上的矿泉水
蹲下身子，从脏兮兮的工具包里
掏出应手的家什，用液体瓶喷雾
再拿小铲子刮去玻璃上残碎的胶贴
毛刷饱蘸漆液，对着塑钢来回涂抹
这时候，夕光映上玻璃
反照出两张汗淋淋的褐色脸孔
你听见他们粗重的呼吸
被踩踏的木凳，发出嘎吱的呻吟
一会儿工夫，老旧的塑钢阳台
生出了与对面草坪一样的嫩绿
“草色遥看近却无……”，剩下
的时间里，忆及一整个盛夏
割草机开进开出。清凉的水柱
如涌泉，从手把着水管的民工的小腹
喷射出来，恍如生命原始的迸溅
带给你劳作的愉悦，和想象
你抬起头，望向夕光下的草地
修剪齐整的黄杨木围篱

啁啾鸣叫的麻雀，偶尔落去青草间
又扑棱棱飞起来，隐于暮色
银白合金的围栅里，有柿子树，石榴树
葡萄藤蔓，丝瓜秧，她精心养育的
一些盆栽植物，如果你愿意
可以一直坐在门口台阶或院子里
一直到夜凉如水。完活儿的民工
婉谢了你邀他们进屋喝一杯
或抽支烟的盛情，收取约定费用后
迅速收起脏兮兮的工具袋离去
你送他们到门外，转回身，看见
新漆的阳台在夜色里散发出
奇异的光，旁边还放着未及合拢的漆桶

4

你的邻居，一位能干的东北大姐
她把不足二十平方米的院子
隔好成了三块儿：一块儿租给了美发店

一块儿租给壁挂炉公司，最小的
留自己享用。五平方米的天地里，她造出了
阳光房，木质廊桥，循环的流水，数枝青竹
一派旖旎江南风光，如果不是
太多时间耗在海南，她还想养几尾金鱼
如今她迷恋走路，每天三万余步
总是坚守在朋友圈“运动健康”的榜首
年近七旬的老太，疾走如风
她眼羡你家的柿子树，拉开窗帘就看得见
随四季转合，每天沐浴晨光和暮色
树叶间，果实累累，风里挑起一盏盏灯笼
你在灯下喝茶，乱翻几册旧书
也为她的生活加增了谈资，“瞧，文化人儿……”
她嬉笑着对来人指了指你。在你身后
柿子树上竖着一架自制木梯，兴致来了
你就爬上去，摘几枚青柿下来
或伸长手臂（长臂猿一样），试一试
天空的深浅，如果露水湿了衣服
权当星星的碎片好了。再过一会儿

你就把星光关在门外，自己回去屋子里
枕着万籁虫鸣入眠，偶尔遇见
晨光里的柿子树，邻居从外边回来
眉梢结一层霜白，悠然走过
五平方米的曲水流觞

5

曾几何时，你喊她张姐
也喊她先生王哥。这对东北夫妻
养了两个女儿，大女儿出嫁了
小女儿还单身，每天去城里教钢琴
回来却把车堵在你家门口
多次交涉无果，再见他们，你换上了
有节制的点头。总还是邻居吧
因为这个别扭起来，也太辜负了
种在两家之间的果实累累的柿子树
有几次，她从屋子里挪出来
迎面碰上你，扶着柿子树才站得稳身子

她反复对你说，自己患的只是肺炎
不是癌，无须去住院，更无须放化疗。
“老王和女儿，待我都特好。”她气喘
吁吁，“还有我可爱的外孙子。”
你仿佛看见，大片癌变正在她身体里扩散
时辰越来越近了，也许今夜，也许明天
她就将化成从远处烟囱里升起的一缕青烟
你安慰她说会好起来的，走到小区门口
又碰到她的女儿女婿，合撑一把伞
一路手牵手，甜蜜地从外边回家
你向他们点头，问好，祝他们
马上见到站在柿子树下的，濒死的妈妈

6

立秋的当晚，细雨敲击黄昏
也可说是一场雨带来了这绵绵秋意——
北方的，红，黄，蓝，透明，远
这雨从哪里来？你黑色眼睛的映画吗？

不，也许仅来自阳光下的一朵浮云
这一会儿，在你的屋子前后
隔着玻璃，石头，花草，盆栽，柿子树
一切美好的事物，仍清晰可见
雨的舞步急缓疾徐，像黑白琴键的弹奏
一个急着回家的人，急需爱的抚慰
急需闪电劈开黑夜，照见他虚妄的面庞
让水泥路秒变池塘，车子驰过时
飞溅的水花，转眼又淹没在黑夜的胃里
仿佛夏天走失的孩子，你不可能
从未完成的诗里找回他。这雨也不是你喜欢的
一丝儿不曾消退的暑气，你置身其中
任凭一场雨淋湿和击打
它顺着你的身体流淌，你如枯荷孑立
忍受着雨的造访，又想象
此刻它也在另一个世界呈现，如不可思议之诗

7

去玉带河以南的树林，你选择
骑一辆摩拜单车，沿途起伏的砂石路
以前穿过的破落的村庄
已抹去了痕迹，成为规划的绿化带
在秋虫明亮的弹奏里，那些松竹
因自由在长而愈发青郁，你喜欢的
流浪猫狗聚居其间，从暮晚深处
传来松鸦的鸣叫，仿佛它与失忆的老人
有某种神秘的对应。月亮升起以后
树林有了几何形的纵深和透视
还有什么让时光驻足？从银杏叶子的边缘
一万亩闪光的露水，也不带来
失去的初吻。当你放下一切
停在林边的单车，已被另一个人骑远

8

去雁带来更北的草原，空气
迎着寒凉的额头，沿北运河一带
凛冽的虫鸣取缔了蝉噪
在秋日，你秘密的欢乐也源于
黑夜里的独自散步，向前或退后
都溅起落叶喧响。这一条
人工河，从开凿至今天，几经改道
它的历史藏匿在每一朵波浪里
光明与黑暗，水底的石头，爱和疼
谁又能把它们放回原始的地方
有时它幻出人形，一块儿压着一块儿
沾满的黑色泥浆，如同屈辱的泪水
粉碎了你对古老文物
或一汪清泉的渴望。你回到岸边
看见河底愈合了伤口，水波动荡
在灯影下，消失了船与帆的风景
木质的行道，树叶葱茏，虫鸣和花开

迎面错过的陌生脸孔，疾驰或徐缓
正应合了秋日的疏朗节拍，你可以
向早晨走，做一个点石成金的人
或踮起脚跟，摘下笋尖似的星盏
变一篓鱼苗儿，放归北运河奔向的大海

忆念：周庄传

——献给生我的村庄

石桥与庙宇

村头一间低矮瓦房
灰瓦，青砖，檩条被香火熏得乌黑
我离家时的村头小河已干涸
河床长满青青麦子和野蒿
想起少年时，我夜里随父亲沿河撒网
他站在浅水里，把渔网尽力地撒出去
一个巨大椭圆落入水里，迅速消失
他轻轻地抖动钢绳，出水的渔网
黏带着密集的水滴和点点星光
他把挣扎的鱼虾塞入我手提的渔笼
招呼我的声音棉布一样微颤
那时除了一座石桥，还不见瓦屋影子
流水向远，他那么健壮，孔武
日子过得艰难，也从不对神灵下跪
而今他年过古稀，话语见少

膝盖跪下去后，口中念念有词
仿佛一个虔诚而庄严的圣徒
他跪在那儿，焚香叩拜，是否看到了
黑暗中神灵的冠冕和面庞？
香火袅袅升起来，低矮的庙宇肃穆
恍如他衰老灵魂的唯一护佑者。

掰玉米的女人

每一棵玉米都有挺直的茎秆
你见过它摇曳的宽大叶子
油绿，发亮，边缘锋利而拉手
像你记忆深处的少女时光
而今天你要赶在天黑前
把这些风中的玉米掰下运回家
你脸上的灰汗水流淌
如溪。粗大手指扼住玉米的根部
耳边响起玉米脱离茎秆的脆响——
这也是生命的抗争，断茬儿上
有透明汁液流下来，光秃的茎秆
在夕光中摇晃着，像要抓住
最后一缕夕光，钻地的
根须抓牢了泥土，但季节更替
不可逆转，雀群落下

又一哄飞起，像极了你男人
你给予他完整的家、儿子和女儿
自己却做了时光和爱的祭品
独自劳作在天黑前的玉米地里
面带村妇的疲惫和圣母的端庄。

一个邻居

他从不说起自己的生活
如同脚下的褐色田亩
灾荒和丰饶，都拜上天恩赐
他顺从了命运，弯腰在田垄上
折返来回，一天天矮下去
年轻时他走上田垄，与高粱比肩
如今淹没在遍地老棉秆里
你不必好奇他脑子里想些什么
村人的生老病死，朝堂国是
台湾，特朗普，钓鱼岛，巴勒斯坦
新闻联播，每天的晚餐
我曾见他忧心忡忡地坐在屋檐下
有时候，偶尔把眼睛望向星空
燕子的影子倏忽晃过
在他脑里留下一片空白。我对他

说起我少年时的顽劣，他的表情木然——
一生的劳作，田亩上挣命
已让他耳聋眼花，田园乡村之美
似乎他从未感应过。如今他
顶着星光走出家门，去田地里游荡
天黑前又悄无声息地归来
像一个幽灵，返往在生死关口。

来自祖父的光

他早年时跟从曾祖父
在邻村地主家打活
新中国成立前攒下了五十亩田，
也变身成为了一小地主
富态，健朗，去往集市乘坐马车
驾辕的三匹马必须一样颜色
“就是烧包，作死……”我母亲说，
“土改被分了田，又回到光腚状态。”
他的视力日渐衰退，木讷
从他的表情，你看不清发生了什么
他和祖母越来越像同一个人
吃最简单的饭，深居简出
不与三个儿子同住，不去女儿家
他把自己孤立在世界之外
案几上脏污的杯子，冰冷的茶水

木格窗棂映出他张望的脸
像一个幽灵，偶尔投向围墙上的天空
他的生命终结于三年饥荒
“新麦结籽后，他等不及饱满，
大口吃下去，肠胃不消化，
给胀死了，死得真窝囊……”
因为他年轻时勤勉，我们遭受白眼
被乡邻看不起，“文革”后才有机会
读大学改变命运。我确信是来自
他的光，从天堂照亮了我露水大的前程。

老瞎子

那个老瞎子，佝偻着身子
小时候我常看到他，在村后
白杨树林里游荡。他的目光
阴鸷而明亮，注视着
白杨树高处，那里有鸦巢
和饮露的蝉子，以及飞起来的
麻雀和灰鹳。密集的叶子闪开缝隙
太阳晕红的光，照进来
蚂蚱被羊唇惊动，从草丛中
跳出来，又消失在另一片草丛
露水的河流在草尖上荡漾，像丝绸抖动
他看得到吗？你看他的手摸过去
脸上露出怪异的笑
我屏住了呼吸，惊悚地望着他
这时清晨的光线直射他脸上

我突然看到了他的眼睛
仿佛两只巨大的黑洞。一只鸟
飞过头顶，他眼里的明光去了哪里?
后来我再也没见过他。

豆伯

这座坟墓里的豆伯
少年时我吃过他家的面条儿
他摩挲我脑袋，夸我懂事
有一天他躺下后再没有醒来
再没有欢乐，忧愁，烦恼
不再为老婆孩子的吃穿操心
我曾见他一个人在垄沟里跌跌绊绊
绳子勒进皮肉，插入泥土的
犁铧却纹丝不同，如一个梦游者
俯身的形象刻入我的大脑
像小学教科书上的木刻插图
我从未想过什么支撑他的艰难之活
并且安排他以如此方式离去
他笃信神灵，却猝然抛别了亲人
唢呐声声里，孝子披麻，邻人

把盛放他尸体的木头抬入墓地
埋入墓坑，添土，堆坟。坟前纸幡
随风舞动，我路过时快步跑开
直到第二年春天，坟上长出青草
幡杆抽出了柳芽儿，它们在春风中轻拂
如不死灵魂在向地里的庄稼招手。

一首短诗

生下我之前，我母亲还生下了两个孩子
他们没有名字，落草即染上了两种疾病：
白喉、破伤风。他们有相同的命运
但没有留下痕迹在这世上。他们
不会从泥土下站出来，唤我“亲爱的弟弟”
我是家中长子。我有一个弟弟，两个妹妹。

冬日灌溉

田畴里麦子耷拉着叶子
病恹恹的，田垄干燥，烟尘上升
需要一次大水喷灌来拯救。
在枯萎的边缘，我父亲听见麦子
挣扎的喊叫，他赶在天亮前
把水泵插入机井——他是个急性子
足有四十米深的机井，要长久地凝视
才能望见井底水的影子
（少年时我在田垄上玩耍，口渴时
把手插入泥土，扒出一拃多深，
就有汩汩清泉冒出。这些年水去了哪里？）
我母亲的矮小人形游动在田地里
蹲下身，吃力地摆开一节节塑料管
扣牢接头，机器开动后，井水流入管道
我父亲快步跑去管尾，把紧了出水口

等待水柱喷涌而出，阳光下

织一道彩虹，洒向一垄垄枯干的麦子

我母亲终于松口气，坐在地上

一抬头看见天上寥落的晨星

又看见喷薄的井水，仿佛源于父亲胸腔

（她忘了他们都已过了古稀）

冬夜漫长，他们醒得早

有时从床头望见窗棂外的月亮和星星

想起分散在天南地北的孩子

这是他们的骄傲（也是偶尔的失落）

小学校的钟声响过

看见孩子们小鸟一样飞出来

他们也有片刻的恍惚……年过古稀

视力衰微，耳膜僵硬

他们越来越陷入久远的回忆

——现在是灌溉时刻，我母亲无暇想这些

我父亲神情专注。水花溅起之处

委顿的麦子，渐渐挺直了腰身

在春日的熹微里，两人身形不再那么孤单。

雨子的死

你还记得雨子吗？他赶在
五十岁生日前死了。他曾是
我发小，我们同桌读村小
偷生产队的西瓜，豌豆，青麦，
红薯。后来我读师范，教书
举家迁来了北京生活，他一直
留在村子里，娶老婆，生娃儿
家屋换了楼房。我每次回村里
他都登门看望，说一家人过得不错
我从心里为他高兴。他是个
知足汉子。你知道，所谓“不错”
无非是家庭和睦，生计不愁
娃儿还算省心。无非是醒来看到
日出，入夜有月亮和星星照耀
但一场大病就击垮了他。肺癌晚期

——这无异于判了他死刑，
他用一年时间，花光了大半生积蓄
最后选择半瓶百草枯交待了自己
他的尸体停在木板床上，脸冲墙
没有挣扎的痛苦，仿佛睡着的样子
……少年时我们也曾这样躺在雪地上
想象过自己最后的时刻，我们发誓
死后一定在坟上堆满白净的积雪
而今积雪早已成传说，他先我而去——
不是死于衰老，而是死于对疾病的沮丧
和因病致贫的巨大恐惧。我理解
他心中的孤独，已从羔羊长成
一只斑斓的猛虎，在初春的冷风中
撕扯着窗帘和照在墙上的月影
对于死者，所有安慰都已失去意义
但我仍深躹一躬。祈愿他一路走好
在生死相隔的另一边，不再忍受煎熬。

赤脚医生万苍

我在一篇小说里写过他
一桩医疗事故断了他的营生
并最终把他送入了坟墓
而小说并非生活的重复
真实的他，一直活在我们村子
穿过大街小巷，身形愈加单薄
人过中年，他不再想成家
而皈依了天主。每到周末
他就穿戴齐整，去镇子上祈祷
忏悔，又像与自己的灵魂约会
有几次我碰到他，喊他“叔”
他微笑着答应，反复劝我皈依
我们的谈话从没提及被他误诊的孩子
（如今他也该在天堂，享受着新老
信徒的祝福吧。）我们说到村里的生者

阳光照亮了他的脸，像身体在发光
他也说到人生的善恶和因果报应
这古老日子的训诫，怎样改变了
一乡村医生的信仰？我认真地听着
一边点头，祝愿他得享福报
我们的交谈止于突然的沉默
阳光也柔和下来。他去镇上
的教堂做礼拜，我则去看父母
从尘埃里饮一汪爱的清泉。

女人们

女人们，在周庄，你要学会隐忍
繁重的劳作，无尽的白昼与黑夜
生老病死，家长里短，鸡毛蒜皮
阳光照它想照的地方，忽略它嫌弃的人
漫长的秋日里，飘零的落叶
也带着暗淡的光，如同春天的刺玫瑰
可能压垮树枝，也给女人们
带来爱或伤害。男人去了天南地北
打拼和挣命，女人守空房
一边悉心照料孩娃儿和父母
我走过时，偶尔听到围墙内窸窣的脚步
仿佛看到她们在被日子磨损和消耗。

族弟

他和我，同一个曾祖父
那时候他还年少，十三岁年龄
就辍学去外地打工
校长委派我去家里做工作
我堂叔痨病缠身，没好脸色给我
我进门时候，他站在院子里
我离开时候，他站在院子里
不发一言。二十五年过去了
他还站在那里吗？——哦，不是
他随村里人去了广东务工
半年后惨死于一场飞来的车祸
公安把电话打回来，我堂叔求我父亲
一同去那儿了结后事。我父亲说：
“我们去到那儿后，只带回了
一盒子的骨灰和小小骨头，其他

什么遗物都没有。”我堂叔
用赔偿的六万元人民币，为大儿子
娶了媳妇，为小儿子盖起了
村子里最漂亮、最扎心的一栋房子
族弟的生命在十三岁的节点戛然而止
——他是村里客死异乡的孩子之一
我写到这里，才记起他的乳名“款子”。

麦溜子

从周庄的夏夜里最早醒来
的鸟儿是茶鸡，它叫声婉转
接着是布谷，这些年，“布谷”
还时常听到，“割麦垛垛”
已是稀见。我父亲从鸟叫声里醒来
蘸着月光，在石头上磨镰。
他要天亮前去田里，割下当年第一镰麦子
我跟从着他，扑下身子
把身前的麦子揽入怀，镰刃贴地
用力割下来。伏倒的麦子
惊动了麦垄上熟睡的麦溜子
它们顺着麦垄亡命向前，奋力冲向天空
也把我的目光带向树梢和星际。
这不会鸣叫的鸟儿，这只看到影子的鸟儿
这麦地的孩子

我们从不曾伤害过它

如今却再也见不到。它们去了哪里？

我手持镰刀站在麦田里

满眼金黄，内心空空。

柴

柴带来斧头，而不是相反
斧头带来高树，野灌木
带来田地的光，村子和人形
挥动的手臂带来汗水，上升的火苗
从我的眼里取出一炉灰烬
中年以后，我回来村子里
推开家门，看到码放整齐的柴
不再为冬天担心。我爬上去
看见田野，在古老的月光下
闪烁着银子的光芒，低头看见
一张被火照亮的，沟壑纵横的脸
从她灰色头发的苍穹下
我还能走去哪儿？一只鸟儿
飞过我头顶，落上另一个柴垛
和落日一起，成为暮色的一部分

我蹲下身子，那么笨拙地
挥舞着斧头——我总是劈空
在纷飞的木屑里
把自己舞成了一把斧子
而隐忍的树木，更接近栋梁和琴声
它远离火炉，在春天之前，
有被反复篡改的命。

丰镇

我们从村里出发，去到丰镇
再从那儿乘车去县城，去更远地方
几十年如此，步行，骑车，坐拖拉机
现在乘城乡中巴或者自驾
远方似乎不再是远方。
读初中时我去丰镇唯一的中学
步行十里路，穿过连片的玉米和高粱地
我父亲把自家园子里的蔬菜
用架子车拉到镇上叫卖，换来些零花钱
回村路上放开喉咙吼几嗓子豫剧
惊飞了啄食高粱的雀鸟
这时候，他不再想家里家外的烦心事
这条路他走了一辈子，流下过汗水，泪水
也荡起过他的笑声
他不认为这和我现在写诗扯上关系

六岁时我沿这条路摸黑偷跑去丰镇看电影
他提着马灯找见我，狠狠踢我屁股
七岁时我第一次看枪毙犯人也在丰镇
挨枪子的两个知青来自郑州，一个十八岁
另一个年十九，说是群殴打死了
另一个武汉知青
宣判时两人五花大绑跪在卡车后厢
一直在哭。枪响后一头栽倒地上
我经过那儿，每次都隐约听见当年的枪声。

我父亲在批斗会上

我父亲从地里回来一身粉尘
满头苦霜，鞋子上沾着湿漉漉的泥浆
不用说这是露水的功劳
他是生产队的壮劳力还是管制分子
1949年他六岁，压榨乡邻的
不是他不是他老爹
但队上照样派他最重的农活儿
干完活儿还要接受全村贫下中农批斗
每到这时候，乡邻们唾沫横飞
我父亲一脸懵懂低头弯腰不吐一字
我从未听见他半句埋怨
难道恐惧已夺去他记忆？
教他以沉默保护自己。只有一次
我夜晚拉肚子疼醒，忽然听见
他脸向着墙壁一边说话一边抽泣

六十岁后他变得慈眉善目

矢口否认发生过这事儿

“一定是你弄错了净胡扯八道！”

他老脸通红像一被抓了现场的孩子。

异端分子

一大早，在众目睽睽之下
种马被牵着绕另一匹母马转圈儿
主人转去它身下
抓住那个来回摇摆的家伙儿
反复抚弄
然后顿喝一声
种马敏捷地跃上了母马屁股
皮毛颤抖几下
在人们的喝彩声中
滑落下来
主人拍拍种马的脑袋
递到它嘴边一把生鲜的青草
奖励了它
然后把目光转向了一匹刚牵来的母马
他仿佛没有看到

种马眼睛里闪亮的泪光

过了一会儿

新来的母马被牵过来

种马的主人

用差不多的时间重干了一遍刚才的活儿

吃过午饭后

他干第三次的时候

那匹种马

仍然在我们的喝彩声中

高高跃起

落下来时

却突然前蹄一闪

结结实实地

砸向了主人光秃的脑门儿

种马的主人眨眼间

倒在了一片血光中

傍晚的时候

父亲带我又去到那儿

但已找不见那匹枣红色的种马

只有一个被割下示众的

枣红色的马头

从柳树枝头挂下来

被苍蝇和蚊子围着嗡嗡地唱歌

黄大娘

我们在河埠嬉闹
捡石头打水漂，看谁打得更远更多
黄大娘忽然从胡同里冲出来
眨眼就冲到了河半腰
她撩起胸前的衣襟捂着脸
咿咿呀呀地哭
露出了里边一对儿耷拉的乳房
我们一起笑起来
她一直咿咿呀呀地哭
根本没觉察我们在看她的稀罕
她哭诉被儿媳妇欺负儿子也不孝顺
“没活头儿了我……”
她一边哭
一边用两只小脚蹬踏身前的土坷垃
身子越来越接近河面

他坐在我们旁边，低头扒拉碗里的面条

把瓷碗舔干净了

拍屁股，转身，慢吞吞走回了家

仿佛她根本不存在

——黄大娘终于跳进了河里

河水把她的蓝布衫子荷叶一样浮起来

她愣在水里不再哭

并在我们的尖叫声里

爬了上岸。她咬着牙骂：“狗日的老地主

眼睁睁看我跳河，也不得好死……”

……他六十七岁死于肺癌

黄大娘活到九十岁无疾而终

一座新坟挨着一座旧坟

风吹坟草沙沙响，仿佛她还在诅咒

割猪草的黄昏

我读小学时候，我放学后还要去田地里
割一捆猪草回家。穷人家的孩子
这再平常不过。我还知道最好的草

生长在田地深处，生长在水边
水里的天空仿佛静止了，蛙鸣声起伏
邻村女孩子过来，把藕白的小腿伸到水里
少女的欢喜写在脸上，我泼水花儿撩她

水里有芦苇，鱼苗儿，野葫芦
蜻蜓和蝴蝶停在苇叶上，轻轻扇动翅膀
水边开着各种叫不出名字的花儿
每一朵花儿都仿佛女孩子的脸庞，重现在

我梦中。割足了猪草，天也擦黑了

沉重草捆在原野上移动，星星闪烁在头顶

离村子越来越近了
我看见一条条炊烟从房顶升起来
女人们唤归的声音此起彼伏
我能分辨出不同声音是谁的母亲在呼唤
而并不加快脚步——我乐于
听到黑暗里更多的虫鸣
直到暮色淹没了原野上所有的人形

一个孤独的孩子
更愿意把自己安置在星空下
并在最后一颗星星消失后，睁开被露水打湿的眼睛

……这是我喜欢在田野上游荡的秘密
在长大之前，我在那儿找到了安放自己的位置

在墓地

年初一，在墓地里
两个穿深色衣服的人，躬身长跪
把香烛和纸钱举起

这时原野潦草，天空低于泥土
更远的村庄里
有零星的爆竹声炸响，雨夹着雪
扑打着他们的身体上

他们一直不说话，明灭的火焰
照亮了两张木刻的脸
仿佛地下的祖先，在把其中一个人
慢慢植入另一个身体
这简单的祭祀
让父与子瞬间合而为一

……当他们踏着泥泞离开，必将撞上

更多的父子，如影

随形。从村庄走出，或从墓地归来

在梦中

我忘了村前小河的源头。每一天
我沿它去村小学，抬头看见日升日落
又蹚水过河，去菜园里拔草摘菜
河水流到我家门前，展宽，变身一野湖
湖心小岛上芦苇随风起伏
我们浮水过去惊飞了苇丛里生蛋的野鸭
入夏河水暴涨，踩着独木桥过河
如刀尖上跳舞，我同桌小环，
滑落激流后再没回来
邻居二奶奶，儿子死于投水自尽
那些年，每个夏天都有人命被流水带走
晚饭后我坐水边听蛙鸣噪嚷
总害怕他们突然跳出来，生生把我拽入水中
死亡张着咬人的嘴巴，离我咫尺
我去外婆家时，外公每次都叮嘱“好好走路，

尤其不许玩水”。我频频点头，
他仍不放心，仿佛所有流水都有老虎的习性
而今的村子里人影寥落，河水不见影子
但在梦中，小河也是激流，静水流深
对岸菜园里，留下我少年身影
也留下了大伯母吊在老桑树上晃来晃去的尸体
——我没见过她，她却在我父亲
反复的描述里变得越来越清晰，“那弯曲的桑枝，
因为她身体的重量，弯成了绳子……”
我恍惚看见她惨白的脸，从她身上看见
更多随河水远去的村人。在梦中我无力躲开
而且从不同角度，我还看见他们
一脸的茫然和不甘心。他们向我招手
我再看过去时，忽然又化身一只只鸟儿飞远。

一抹阳光

一抹阳光照在田地里
与照在周庄是不一样的

一抹阳光照着周庄屋顶
与照上我家老屋顶是不一样的

一抹阳光照见别人母亲
与照见我母亲是不一样的

阳光哦，多么美
我的母亲，多么美

仿佛她不是我母亲
仿佛她是所有母亲

梁老师说

嗯，你说得不错，第一次
我去你们村教书还不满十五岁
和讲台下那些孩子差不多
几个调皮鬼欺生，家里偷来锁子
夜里从外边把我门给锁了
后来学校放学后，我就去你家
帮你爷爷种菜吃饭干活，住下来不走
三年饥荒时候，你们村遭罪最多
一千余口人，吃光存粮
牲畜，草籽，啃光了所有能下咽的树皮
饥荒过后，死了一多半儿
我从老家回来时，从桥头到小学两百米路
把三具尸体掀入了壕沟
活着的人早已没了掩埋死者的力气
父女或兄弟同一天饿死

交换着吃饿死的孩子求生的，也算不上稀罕
整个春天村子笼罩在死亡的梦魇里
……不堪回首哦。作为周庄唯一写书的人
你有义务记下他们鲜活的名字
你家两辈人是我学生，周庄很多人是我学生
活下来的大多在屋檐下过完一生
最后像我一样把个人的见证带入了泥土深处
而你要好好活着，你要有勇气写下真相。

喜子说

以辈分论，我该叫你“叔”
活着的时候却从未开口，我长你
近二十岁，你理解那份尴尬吧。
是的，我小时候就死了娘
我爹一把屎一把尿拉扯大我，都是乡里人
过日子不易，还拖着我和姐姐两个油瓶
除了傻瓜，哪个女人愿意跟他？
你说得不错，是我逼死了他
我逼他离开家屋，住去了生产队的老烟炕
逼他出去广东乞讨，递给他百草枯
逼他去死，并眼见着他仰脖子咕咚喝下去
我有罪？村里人怎么样我管不了
你来想一想吧，一个活过七十岁的病秧子
还有比死更安生的事儿吗？
况且我还披麻戴孝，把他埋去了祖坟里

在这个世界上，你说谁是无罪的
你敢说自己就那么干净吗？切，鬼也不信
就说我那个女婿吧，我把唯一的闺女嫁了他
伺候他过日子，给他生儿育女，传宗接代
他不该好好待她吗？跟他娘拌两句嘴，
他竟然老拳相加！真反了他，必须把我闺女接回来
跟这样的男人过日子有什么意思？
不错，他是求了我大半年，我不答应他
他急眼了，揣着杀猪刀摸到我家
捅了我闺女、儿子，我儿子的闺女、儿子
捅了我之后，摸出怀揣的百草枯，仰脖喝了个底朝天
他们都是无辜的？算你说得对吧
谁让他们托生成是我的孩子？这都是命，命该如此
如今我埋在田野上的一座孤坟里
坟上一样长满了荒草。我再喊你一声“叔”
你一定也认不出我了。这挺好，就让我们彼此相忘吧。

四伯说

说我算计实在是冤枉
再说人算不如天算，到底百密一疏
同一个祖坟，那风水凭啥旺你家一支?
你家一支人丁兴旺，还都考大学进了城去
凭啥留下我们在垄沟里守穷
你说这天理在哪?所以你三爷死后
我做主在祖坟边上另开了穴
好几年不转运，你四娘死后我把她又埋回了祖坟
埋我儿子时还强占了你大和你二大的位置
我就是不信邪，咽不下这口气
夜里睡不着我走到院子里，抬头看星星
想一想它们也这样看了我一辈子
从孩娃看到剩这把老骨头
忽然就觉人活这一辈子真没啥尿意思
你心里一定特瞧不上我吧，骂我老不死?

但我还是死了。你们这些子侄

散居天南地北，没一个回村里送我一程

最寒心我那唯一的孙子

娶了城里媳妇口口声声做一辈子啥“丁克”

奶奶的肉割给他吃都不知香

还跟我犟，我抽了他嘴巴

小夫妻俩扭头滚蛋了。我回屋上床后再没爬起来。

木匠与斧头

这把旧斧头，他使用它
许多年，斫木，劈柴，
砍树，他已记不清经验过
多少棵树，他盯着它
反复盘算着下口的地方
做家具，梁檩，棺木
或别的什么，还要看大小
和材质，如果有需要
他还可用下脚料
造出一辆漂亮马车来
乘上它，上天堂，下地狱
——这没什么不可能的
他还试着用它砍肉，劈骨头
比屠刀还所向披靡，真是
一个好家伙，越用越薄的斧刃

在石头上磨着冷凛的光
挥出去，发出欢畅的呻吟
你得说，他爱这东西
如同爱他的妻子和儿子
入腊月，他务工回到村里
发现妻子竟和堂兄
厮混在了一起。呸，这畜生。
他咬紧了牙，握那斧柄
大年初一，天还没亮，他就敲开了
堂兄家大门。掏出藏在棉衣内
的斧子，猝然挥过去。斧刃的光
瞬间把两人淹没。“动我的
女人，×你娘的……”他把斧刃
在棉衣上抹了抹，大步向丰镇走去。

老夫妻

我注意他们很久了
他们终于
挖好了墓坑
拿出准备好的药瓶子
仰脖儿喝了下去

为了找寻这块美穴地
他们没少花工夫
现在他们并排躺在墓坑里
在雨水冲淤泥土埋葬他们之前
他们还有足够的时间
想象这块美穴地
即将带给儿孙的绵绵不尽的幸福

他们有从容的神情

也有视死如归的好心情

在雨水冲淤泥土埋葬他们之前
在春天
他们还能再看一眼
落在脸上的花瓣
和黏在花瓣上的尘世之光

多好哦，他们像活着时一样把手拉紧了

虫子

虫子不需要窗子
春天来了，它用身体
撞开泥土的门
春风有良知，空气里
飘弥着花粉的气息，虫子
抢占了一棵麦子的峰顶
再向上，是浩大阳光
和我父亲的黑脸孔
小小的麦子，在他们之间
造下了多深的仇，玉米
和大豆，让他们一生
互为天敌，我父亲走过
田地死一般寂静，春风中
鸦雀无声，虫子消失了
身形。呛人的农药气息

我父亲的粗重喘息，像死亡的
行刑队，放大春天的恐怖
一只爬过田埂的虫子
怀抱经书，和脱缰的残躯
最后看了我父亲一眼

熬

关于他怎样当上村长的，他向我
吐了一个字：熬。从高中毕业
回到村子里当会计，他先后熬走了
三个村支书，四任村长
终于熬出了头，他一直当下来
安稳如泰山顶上一青松
他生来一副白净面皮，细眯小眼儿
从不高声说话，发声前就满脸绽放了笑容
这样的人做村长，大伙才放心
把务工挣来的钱汇给他存着，大伙才放心
愣头青强子说："你们看错了，不是
这样子的，他不是你们一起念书的样子——
一只伪装的老虎，早晚祸害你们……"
他好像压根没听到这事，继续
为村子操心，去每一个家庭嘘寒问暖

他真是呱呱叫的村长
如果不是父亲哭丧着脸告我说：“我存在
鹏子那儿的钱，看来真要不回了，
说好和银行一样利息，谁想他拿去放高利贷呢，
拿钱的几个人全跑路了，报案
几个月过去，愣是没有找到一个人影子。
大伙儿相约去讨要，年三十还缠在他家不走，
那可是老少爷们儿拿命挣来的
几百万血汗钱啊，愣这样说没就没了……”
我问父亲为什么不集体去法院告他？“有他
在村子里，大伙儿还有盼头，”我父亲说，
“熬吧。抓了他进去，事儿还不彻底凉透？”
又到年底，鹏哥突然打来电话：“欠老叔的钱，
我昨儿还了他三千块，总有一天我还完他，
你让老人放宽心，咱可是一块儿念书的发小儿。”

我二伯

也是我启蒙老师
教过我语文，数学，物理
我从他嘴里知道了第一个
外国人的名字：阿基米德。
他踩着泥泞背我去上学
放学后又背我送回家里
他宽大的脊背，有平原的无垠
进到学堂是老师
下到田里两腿泥，仿佛
挣命养家的老摩西。他一辈子
没发过脾气，写得一手好字
逢过年，各家门楣上
都飞舞着他的墨迹。二伯家
三个男孩都读了大学
三个姑娘却目不识丁

他笃信女孩读书无用，心血
都给了男丁，把六个孩子养大
自己忽然成了周庄最年老的孩子
过年我去看他。他问我是谁
从哪里来，请我坐下喝茶
自己抓起一袋旺仔小馒头
兀自吃得嘎嘣有味。转过脸
又问我从哪来，叫啥名字
——他不懂的阿尔茨海默症
让他的晚年活得快乐而简单。

我父亲的近况

找把电话打过去，念叨过几句后，
照例问我母亲："我大呢？我跟他也说几句。"
我母亲有些结巴，说："你大……他……
他昨天搭火车去了广东，老营生，收废品，
担心你不让出门儿，一直不让给你说。"她语气
平静，"再说了，冬天待在村里，能拉呱的
都外出了，就剩了他，丢碗就睡觉——"
……此时，我七十五岁的老父，骑一辆旧三轮
正独自游荡在南方小城，走街串巷，声如洪钟……
这当然是出自我的一厢情愿——他早已
不复盛年，一天下来，腰酸腿疼，几不能行。
一个礼拜后，就在我小妹"给你找个
轻省活儿干"的允诺下，搭上了去深圳的汽车。
接通小妹电话，他抢过去愤然道："好啊，
你们竟拿我当小孩儿，合谋骗我……"

又两个礼拜后，一张火车票把他送回了
生活了一辈子的村子。我倔脾气的父亲，
到家后主动打来了电话：“不要再请假
来看我了，我没麻烦，你娘也好好的。天冷，
田里路上满是积雪，你又强直性脊柱炎
闪过年儿我去北京，看一看翔宇和漫漫。”
他接着说，“也不要寄钱，用不着——”
电话听筒里隐约传来《花木兰》的梆子调儿，
混着我母亲的咳嗽，接着是嘟嘟的忙音……

练沟河

尽管我在诗中多次写到它
练沟河仍是模糊的，不确定的
如同它的存在和消失一样
少年时候，我去找过它源头
我赶一群羊，向上游走
小羊长成了肥羊，春变了秋
仍然没弄清它从哪儿流成了大河
在三月，我听它清凉的歌唱
流水映出两岸的麦子和槐花的影子
顺流的水草甩着长辫子
你一抬眼看到它，水也流成了青黑色
鱼儿影影绰绰，蛙声从五月
的薄雾深处传来，又像水妖在唱歌
七月坐水边，能看到水底星空
月光的碎银子撒落，豌豆花

蚕豆花的香气袭来，你不想再坐
起身跃入水中，眨眼与练沟河融为一体
九月云淡风轻，水落石出
你的小羊被父亲卖到集市去了
你又来到水边，伤心顺河水埋头奔跑
身后隐隐传来母亲的呼叫
十一月大雪落满两岸，落在河床上
练沟河变身一条望不断的路
你沿着它茫茫的白，一直向着天堂走。

雨后

雨后，田地里起伏着庄稼喝水的密集声响
你一农民，自然能分出哪是玉米的
哪是大豆的，哪是芝麻的，哪是棉花的，哪是稗草的
你熟悉它们秉性，如同熟悉家里所有人一样
几只麻鹬突然从红薯秧子下垂直冲向天空
夕阳妖娆，变幻着色彩。一种橘青的
绯红在滴水的薯叶上颤动，慢慢减轻着它的承重
天就要黑了，女人还没从忙碌中腾出手
杨树叶子哗啦啦响，路上的羊羔加快了脚步
不见炊烟升起，我们的村子像一座敞开的坟墓

我的诗

我的诗不是黑白胶卷
数码相机，不是灰色泪水
琴弦或绳子，不是
一声叹息，脑后反骨
选择性失明，不是眼中钉
肉中刺，咬碎的牙
冰与火，我的诗有神性的光
它在纸上与自己交谈
从泥土的黑暗里向上
比树木更高地举起天空
它倾听的耳朵比泪水干净
我的诗，有虬枝铁干
铜的清澈回声。它写给
无限的少数人，写给
五十一岁，写给初生婴儿

它的红色血管，骨头

扎根于我的爱与痛失的纠结

这隐性的祖传痼疾

它是属于周庄的，活着的人

读到它，死者摩挲

它卑微的边缘，你视而

不见，它注定的归宿：失败

一个人活着，碌碌无为

死亡的绿色孩子，在教堂门口

它低头，双手合十

对这世界，苦笑了一秒。

老日子

在周庄，老日子缓慢
稗草高不过庄稼，活着的人老去，新人出生

在村子和田地之间，早失走丢的牛犊
悠闲地摇着尾巴，天黑前又回到了牛圈里

夕阳下山了，月亮升起来
被风吹散的炊烟，继续飘向天空深处

邻居们围拢饭场上
挑食的孩子，想吃谁家的，自去厨房里盛来

一早的阳光，从不嫌贫富
它生就一副红脸蛋，准时跃上所有门楣

图书在版编目（CIP）数据

北运河书 / 谷禾著．— 北京：北京十月文艺出版社，2019.10
ISBN 978-7-5302-1962-1

Ⅰ．①北… Ⅱ．①谷… Ⅲ．①诗集—中国—当代
Ⅳ．① I227

中国版本图书馆 CIP 数据核字（2019）第 115130 号

北运河书
BEIYUNHESHU
谷禾 著

出　　版　北京出版集团公司
　　　　　北京十月文艺出版社
地　　址　北京北三环中路 6 号
邮　　编　100120
网　　址　www.bph.com.cn
发　　行　新经典发行有限公司
　　　　　电话（010）68423599
经　　销　新华书店
印　　刷　北京盛通印刷股份有限公司
版　　次　2019 年 10 月第 1 版
　　　　　2019 年 10 月第 1 次印刷
开　　本　787 毫米 ×1092 毫米　1/32
印　　张　10.75
字　　数　183 千字
书　　号　ISBN 978-7-5302-1962-1
定　　价　39.00 元
质量监督电话　010-58572393
如有印装质量问题，由本社负责调换。